KB072536

GAME
BALL
게임볼

게임볼 2

설경구 장편소설

초판 1쇄 찍은 날 § 2016년 11월 4일
초판 1쇄 펴낸 날 § 2016년 11월 11일

지은이 § 설경구
펴낸이 § 서경석

편집책임 § 최지원

펴낸곳 § 도서출판 청어람
등록번호 § 제387-1999-000006호
등록일자 § 1999. 5. 31
어람번호 § 제1-2558호

주소 § 경기도 부천시 원미구 부일로 483번길 40 서경B/D 3F (우) 14640
전화 § 032-656-4452 팩스 § 032-656-4453
http://www.chungeoram.com
E-mail § chungeorambook@daum.net

ISBN 979-11-04-91032-6 04810
ISBN 979-11-04-91030-2 (세트)

GAME BALL

게임볼

설경구 장편 소설
FUSION FANTASTIC STORY

2

도서출판 청어람

Contents

GAME
게임볼 **BALL**

Chapter 1

0 : 14

한성 비글스 팀은 올 시즌 최다 점수 차 패배라는 불명예스러운 기록을 남겼다. 하지만 이 기록은 허무하게 묻혔다. 더 큰 이슈가 터졌기 때문이었다.

─사상 초유의 벤치 클리어링 사태 발생.

─같은 팀 선수끼리 주먹다짐.

─상대 팀 선수들까지 나서서 말려준 주먹다짐. 훈훈한 동료애(?)를 발현한 그라운드?

—한성 비글스 호는 대체 어디로 가는가?

—한성 비글스 팀 내분?

—감독 교체 후유증의 시작인가?

장태준과 김전우가 주먹다짐을 벌인 것을 언론은 앞다투어 톱으로 보도했다. 여론은 싸늘했고, 우진도 굳어진 표정으로 구단주 사무실을 찾아갔다.

하지만 강균성의 반응은 뜻밖이었다.

태블릿 피시로 인터넷 기사들을 읽고 있던 강균성은 그리 화가 난 기색이 아니었다. 오히려 입가에는 희미한 웃음기마저 머물러 있었다.

"기록이야!"

"뭐가 말입니까?"

"한성 비글스 팀에 대한 기사가 나흘 연속 스포츠 신문의 톱을 차지한 것 말일세. 최다 연패를 기록할 때도 이 정도는 아니었어."

"죄송합니다."

우진이 고개를 숙여 사과했지만, 강균성은 그럴 것 없다는 듯 고개를 흔들었다.

"처음이야."

"……?"

"기자들의 인터뷰 요청이 쇄도하고 있어. 꼭 아이돌이 된 듯한 느낌이야. 이것도 나쁘지 않군. 자넨 어때?"

"저도 마찬가지입니다. 기자들 따돌리고 도망치느라 애 좀 먹었습니다."

"팬클럽이 따로 없구만."

"죄송합니다."

"자네 책임이 아냐. 어차피 그동안 쌓이고 쌓였던 것이 터져 나왔을 뿐이니까. 고름은 짜내야지."

우진이 다시 한 번 사과했지만, 강균성은 대수롭지 않게 대꾸했다. 그리고 화를 내는 대신 오히려 격려를 해주었다.

"이제부터가 진짜 자네의 리더십을 검증할 시간이야."

"알고 있습니다."

"앞으로 어쩔 생각인가?"

강균성의 질문을 들은 우진이 앞에 놓인 유자차를 들어 한 모금 마셨다. 계획은 이미 머릿속에 서 있었다.

다만 이번 폭력 사태로 인해 그 계획을 실행에 옮기는 시간이 더 빨라졌을 뿐이었다.

"코치진을 개편할 생각입니다."

"코치진 개편? 나쁘지 않은 방법이로군. 염두에 둔 사람은 있나?"

"있습니다. 2군 감독부터 교체하겠습니다."

"2군? 1군이 아니라?"

"2군이 더 시급합니다."

"뭐, 알아서 하라고. 난 이미 전권을 줬으니까."

강균성은 호기심이 동한 듯 보였지만, 애써 더 자세히 묻는 것을 참고 있었다. 그런 그에게 미안한 마음이 든 우진이 계획을 조금 더 알려주기로 결심했다.

"주장도 바꿀 생각입니다."

"싸움질을 했으니 벌을 받아야지. 근데 후폭풍이 만만치 않을 텐데."

"이미 각오하고 있었습니다. 오히려 이번 일로 인해서 명분이 생겨서 다행이라고 생각합니다."

"하긴 그렇군. 그런데 내 피 같은 돈을 훔쳐가는 장태준만 벌을 준다면 형평성에 어긋나는 게 아닌가?"

"물론 김전우에게도 제재를 가할 겁니다."

"어떻게?"

"보직을 변경할 겁니다."

"선발투수에서 뺀다?"

"중간 계투로 돌릴 겁니다."

"중간 계투?"

"네, 그리고 궁극적으로는 마무리로 돌릴 생각입니다."

"김전우를 마무리로 쓴다?"

"어쩌면 이건 제재가 아닐지도 모르겠습니다."

강균성이 고개를 갸웃했지만, 우진은 더 설명하는 대신 입을 다물었다. 시시콜콜 떠들면서 설명해 봐야 의미가 없었다.

우진이 할 일은 성적으로 강균성이 보내주고 있는 믿음에 보답하는 것이었다.

"내가 할 일은 없나?"

"몇 가지 부탁드릴 게 있지만 지금은 아닙니다. 일단은 급한 불부터 꺼야 하니까요."

"그럼 난 그동안 뭘 할까?"

"지금처럼 계속 구단주 관람석에서 경기를 지켜보시면 됩니다."

고개를 끄덕이는 강균성을 바라보던 우진이 자리에서 일어났다. 처리할 일이 밀렸기에 마음이 급했다.

"참, 내가 마련해 준 숙소는 마음에 드나?"

막 문을 열고 나가려는 우진에게 강균성이 물었다. 그리고 그 질문에 대한 답을 우진이 솔직히 꺼냈다.

"아직 숙소에는 들어가 보지도 못했습니다."

히터를 미리 켜놓은 덕분에 검정색 세단 안으로 들어가자 얼어붙었던 몸과 마음이 스르르 녹는 기분이었다. 한기를 머금은 밤공기로 인해 저절로 움츠러들었던 어깨를 쫙 펴며 옆에 앉은 강지영을 힐끗 살폈다.

"왜 웃어요?"

살포시 웃고 있는 그녀를 확인하고서 우진이 묻자, 강지영은 미소를 거두지 않고 대답했다.

"요 근래 한성 비글스 팀의 경기 중에서 오늘 경기가 제일 재밌었어요."

"벤치 클리어링이 그렇게 재밌었어요?"

"원래 싸움 구경이랑 불구경만큼 재밌는 게 없잖아요."

"그렇긴 하죠."

강지영은 특이한 취향을 굳이 감추려들지 않았다. 그리고 아직 여운이 가시지 않은 듯 살짝 상기된 목소리로 덧붙였다.

"그중에서 제일 재밌었던 게 뭐였는지 아세요?"

"……?"

"우진 씨 반응이었어요."

"내 반응요?"

'내가 뭘 했더라?'

우진이 경기 중에 벤치 클리어링을 했을 당시의 기억을 더듬었다.

사실 워낙 순식간에 벌어진 상황이라 말리고 자시고 할

틈도 없었다. 굳이 표현하자면 강지영과 마찬가지로 손 놓고 싸움 구경을 한 것이나 마찬가지였다.

"그라운드로 뛰쳐나가고 싶었죠?"

"왜 그렇게 생각했어요?"

"엉덩이가 움찔거리는 걸 봤어요."

우진이 쓰게 웃었다.

모두의 시선이 벤치 클리어링이 벌어진 그라운드로 향해 있느라 아무도 못 봤을 거라 예상했는데. 강지영은 속일 수 없었다. 당시의 우진도 그라운드로 뛰쳐나가고 싶은 것을 참느라 무지 애를 썼었다.

"나한테만 솔직히 말해봐요."

"뭘요?"

"누굴 때리고 싶었어요?"

장태준과 김전우.

벤치 클리어링을 일으킨 장본인들은 두 사람이었다. 그리고 우진이 그라운드로 뛰어나가서 패주고 싶었던 것은……

"장태준이요."

우진이 솔직히 대답하자, 강지영의 입가에 머물러 있던 웃음이 짙어졌다.

"그럴 줄 알았어요."

"왜요?"

"나라도 그랬을 테니까."

장태준은 우진에게만 미운털이 박힌 것이 아니었다. 이유는 모르겠지만, 강지영에게도 잔뜩 미움을 사고 있었다.

"돈값도 못 하는 데다가 뚱뚱하고 못생겼잖아요."

강지영이 장태준을 미워하는 이유를 밝힌 순간, 우진은 굳이 반박하지 않고 고개를 끄덕였다.

"주는 것 없이 얄미운 스타일이랄까?"

"그렇긴 하죠."

"확 트레이드 시켜 버려요."

"누구랑요?"

"으음, 가능하면 잘생긴 선수로 데려와요."

"고민해 볼게요."

강지영과 농담 섞인 대화를 나눈 덕분에 답답하던 우진의 마음이 조금 풀렸을 때였다.

"이제 숙소로 갈까요?"

"아니요."

"이 시간에 또 어딜 갈 건데요?"

"꼭 만나야 할 사람이 있어요."

우진의 대답을 들은 강지영의 두 눈이 가늘게 변했다. 강지영은 자신이 직접 발로 뛰며 고르고 고른 끝에 마련한 숙소를 어서 보여주고 싶다는 기색을 노골적으로 드러내고 있었다.

하지만 우진은 슬쩍 고개를 돌려 매서운 시선을 피했다.

강지영이 직접 골라준 새로운 숙소에 대한 호기심이 없는 것은 아니었다. 솔직히 말하면 호기심이 깃들었다.

'아무것도 없는 게 아닐까?'

지금껏 봐온 강지영의 성격대로라면, 숙소 안에 꽃이 꽂힌 꽃병 같은 것은 기대하기 힘드리라. 아니, 장식장이나 그 흔한 소파도 기대하기 힘드리라.

침대와 소파만 덩그러니 놓여 있는 휑한 숙소를 떠올리며 우진이 히죽 웃을 때였다.

"누구를 만날 건데요?"

"한성 비글스 팀의 새로운 2군 감독요."

강지영이 못마땅한 얼굴로 던진 질문을 들은 우진이 이번에도 감추지 않고 솔직히 대답하며 덧붙였다.

"그리고… 날 한성 비글스 팀의 감독으로 만들어준 분이죠."

우진이 푹신한 소파에 등을 묻으며 두 눈을 감았다.

가장 만나기 껄끄러운 사람.

그래서 지금껏 연락 한 번 하지 않았던 사람.

두 눈을 감자 피곤이 몰려들었다. 잠이라도 들었으면 좋으련만.

오히려 더욱 생생해진 머릿속에서는 다시는 기억하고 싶지 않은, 영원히 잊고 싶은 그날의 기억에 대한 재생 버튼이 의지와 상관없이 눌러졌다.

　전국 대학 야구 대회.
　연성대학교와 고원대학교의 준결승전이 펼쳐지는 경기장의 분위기는 뜨거웠다.
　"연성대 파이팅!"
　"필승! 연성대!"
　"고원대 따위 상큼하게 눌러 버려!"
　"고원대 일어나랏!"
　"연성대 따윈 찢어버려!"
　연성대학교와 고원대학교는 전통적인 라이벌 사립 대학이었다.
　게다가 역사와 권위를 자랑하는 전국 대학 야구 대회의 준결승에게 두 대학의 야구부가 맞붙었으니, 응원 열기는 더욱 뜨거웠다. 양 대학의 응원단이 총출동한 가운데 평소 1/10도 들어차지 않던 관람석은 양 대학의 학생들이 절반씩 들어차서 만원 관중을 기록하고 있었다.
　"이기고 싶다!"
　더그아웃에 앉아서 경기를 지켜보던 우진이 혼잣말을 내

뱉었다.

만약 이번 경기에서 패한다면 4학년 졸업반인 만큼 오늘 경기가 대학 무대에서 뛸 수 있는 마지막 경기가 될 수도 있었다.

명실상부한 연성대학교의 에이스 투수인 자신이 라이벌인 고원대학교와의 준결승 경기에서 마운드에 서지 못하고 더그아웃에 앉아서 관전이나 해야 한다는 사실이 우진은 견디기 힘들었다.

자꾸 갈증이 치밀었다. 그래서 생수를 연신 들이키며 경기를 지켜볼 때, 3루 측 관중석에서 요란한 함성이 일어났다.

"달려!"

"멈추지 마. 삼루까지 내달려!"

"연성대 놈들 따위가 우릴 막을 수 없지!"

관중석을 꽉 채우고 있던 고원대학교 응원단과 학생들은 일제히 기립한 채 괴성에 가까운 함성을 질렀다.

그 함성을 등에 업은 1루 주자는 순식간에 3루 베이스를 통과했고, 포수에게 공이 도착하기 한참 전임에도 불구하고 헤드 퍼스트 슬라이딩을 하며 홈플레이트를 손으로 터치했다.

"와아! 동점이다!"

"이대로 역전해 버렷!"

"여기서 끝내자!"

고원대학교 학생들의 함성이 지축을 흔들었다. 반면 1루 측 관중석을 가득 채우고 있던 연성대학교 응원단과 학생들은 쥐 죽은 듯이 조용하게 변했다.

3 : 3

6회까지 3 : 0으로 앞서며 경기를 지배하고 있던 연성대학교 야구부는 7회 초의 위기를 넘기지 못하고 동점을 허용했다. 선발투수였던 3학년 배우천은 잘 던졌지만, 고비가 찾아오자 경기의 중압감을 이겨내지 못하고 제구력이 무너졌다.

볼넷 두 개와 2루타 한 개를 얻어맞고 강판됐고, 배우천 다음으로 올라온 중간 계투 요원들도 아웃 카운트 하나를 잡는 동안 2실점을 하며 순식간에 동점이 됐고, 이제는 역전 위기에 몰려 있었다.

1사 3루.

야구는 결국 분위기의 경기였다. 만약 이번 이닝에서 역전까지 허용한다면 별다른 변수가 없는 한 분위기를 탄 고원대학교가 결승에 진출할 확률이 높았다. 그 사실을 누구보다 잘 알고 있는 우진이 고개를 돌렸다.

마음이 통한 걸까? 마침 자신을 바라보고 있던 감독 이지승과 우진의 시선이 허공에서 부딪혔다.

모자를 벗고 희끗한 머리를 헝클어뜨리며 초조한 기색을 드러내던 감독님이 먼저 시선을 피했다.

그 모습을 확인한 우진이 자리에서 일어나 감독님의 곁으로 다가갔다.

"감독님!"

"무슨 일이야?"

"던지고 싶습니다."

경기의 분위기는 급변하고 있었다. 빙빙 돌려 말할 시간이 없었다.

그래서 우진이 단도직입적으로 말을 꺼내자, 감독님은 긴 한숨을 토해냈다.

"돌아가!"

"감독님. 더 실점하면 경기가 힘들어진다는 것, 감독님이 누구보다 더 잘 아시잖아요?"

"그래, 알아."

"그러니까 제가……."

"넌… 결승전 선발이다."

"……."

"처음부터 그렇게 결정했고, 내 결심은 바뀌지 않는다."

우진의 말을 도중에 자른 감독님은 단언했다. 그리고 더 상대하고 싶지 않다는 듯 반백의 머리를 넘긴 후 다시 모자를 눌러썼다.

원래라면 이쯤에서 멈추고 돌아서야 했다. 감독님에게 항명이란 있을 수 없는 것이었으니까. 하지만 우진은 감독님의 눈동자가 불안한 듯 흔들리는 것을 놓치지 않았다. 그래서 다시 강한 어조로 말했다.

"결승전 선발은 의미가 없습니다. 오늘 경기에서 패한다면 팀이 결승전에 나가지 못할 테니까요. 우선 이 경기부터 잡아야 하지 않습니까? 감독님, 제가 나가서 던지겠습니다."

"안 돼."

"대체 왜 안 된다는 겁니까?"

"경기는 오늘만 있는 게 아니니까."

"……"

"네 야구 인생인 이제부터 시작이야. 앞으로 남은 경기는 많아."

감독님의 말이 옳았다. 이미 프로야구 구단인 한성 비글스에 지명된 우진은 내년부터 한성 비글스 팀의 투수로서 수많은 경기에 나서게 될 것이었다.

그러나 자꾸 욕심이 생겼다.

전통의 라이벌인 고원대학교와의 경기. 그리고 대학 선수로서의 마지막이 될지도 모르는 경기.

두 가지 사실이 우진의 마음을 달뜨게 만들었다. 그래서 욕심이 생겼고, 감독님의 말에 수긍하고 물러나는 대신에 고집을 피웠다.

"제 인생에서 고원대학교와의 경기는 이게 마지막입니다."

"노우진!"

"꼭 나가고 싶습니다. 대체 왜 안 된다는 겁니까?"

"넌 공을 너무 많이 던졌어."

미간을 찡그린 채 꺼낸 감독님의 말은 사실이었다. 우진은 꽤 많은 공을 던졌다.

나흘 전에 열렸던 16강전의 선발투수로 나서서 100개 가까운 공을 던지며 승리투수가 됐고, 이틀 전 열린 준준결승전에도 7회에 마운드로 올라가서 30개 가까운 공을 던졌으니까.

하지만 자신의 몸에 대해서는 누구보다 우진이 잘 알고 있었다. 어깨도 팔꿈치도 아직은 생생했다.

"더 던질 수 있습니다."

"부상을 당할 수도 있어."

"괜찮습니다."

"뭐가 괜찮아? 앞으로 공을 못 던져도 상관없다는 거야?"

"그게 아니라… 부상을 당하지 않을 자신이 있습니다. 어깨도 팔꿈치도 멀쩡합니다. 아니, 어느 때보다 좋습니다. 그리고 감독님이 항상 말씀하셨지 않습니까? 한계 투구 수는 정해진 게 아니라고. 정신력이라고."

"노우진!"

"네, 감독님!"

"그렇게 나가고 싶어?"

"정말 던지고 싶습니다."

"알았다. 준비해."

깊은 한숨을 내쉰 감독님이 마침내 등판을 승낙한 순간, 우진의 두 눈에 희열이 깃들었다.

양 팀 응원단의 열기로 인해 뜨겁게 달아올라 있는 그라운드의 주인공이 될 기회가 찾아왔다는 사실이 심장을 두근거리게 만들고 있었다.

이 기회를 놓칠 수 없었기에 감독님이 마운드로 올라가서 시간을 끄는 사이 우진은 서둘러 몸을 풀었다.

감독님의 지시를 받은 투수는 템포를 늦추며 유인구를 던지다가 볼넷으로 타자를 1루로 내보냈다.

1사 1, 3루. 절체절명의 위기 순간에 우진이 마운드로 올라갔다.

팀의 에이스 투수인 우진이 마운드에 올라가는 것을 확인하고서 잠잠하던 1루 측 관중석에 다시 열기가 감돌기 시작했다.

"에이스 출격!"

"삼진으로 돌려세워 줘요!"

"공 하나면 충분해. 병살로 막고 점수를 내자고."

그래. 공 하나면 충분했다.

신중하게 로진백을 만지던 우진이 와인드업을 한 후, 있는 힘껏 공을 뿌렸다.

"악!"

그 순간, 꽉 다문 우진의 입가를 비집고 외마디 비명이 흘러나왔다.

                    *   *   *

원룸은 비좁았다. 홀아비 냄새와 김치찌개 냄새가 뒤섞인 방 안의 텁텁한 공기가 숨을 들이쉬기 힘들게 만들고 있었다.

그래서 우진은 선뜻 안으로 들어서지 못하고, 대학 시절 은사였던 이지승을 물끄러미 바라보았다.

당시만 해도 반백이었던 머리카락이 완전히 하얗게 세어 있는 것을 제외하고 딱히 달라진 것은 없었다.

작지만 다부진 체구는 여전히 당당함을 뿜어내고 있었고, 꽉 다물고 있는 입매에서는 고집스러움이 묻어났다.

예전보다 깊게 잡힌 눈가의 주름을 바라보며 우진은 고민했다.

　'오랜만이라고 안부 인사를 할까? 그동안 한 번도 연락하지 못해서 미안하다고 사과를 할까? 그도 아니면, 대체 왜 그때 더 강하게 말리지 않았느냐고 원망을 쏟아낼까?'

　우진이 망설이고 있는 사이, 이지승이 먼저 침묵을 깨뜨렸다.

　"술 하지?"

　"네."

　"김치찌개가 그럴듯하게 끓었는데 소주나 한잔하자."

　"그러죠."

　오랫동안 일인용으로 쓰인 것처럼 보이는 작은 밥상 위에 보글보글 끓는 김치찌개와 소주잔 두 개가 올려졌다.

　냉장고 안에 채워둔 소주병 하나를 꺼낸 이지승이 밥상 앞에 먼저 앉고 나서, 우진도 맞은편에 자리를 잡고 앉았다.

　"받아라."

　우진이 말없이 소주잔을 들고 앞으로 내밀었다. 잔이 채워지자마자 바로 입속으로 털어 넣고 숟가락을 들어 김치찌개를 떠먹었다.

　두툼한 돼지고기 뒷다리살이 듬뿍 들어간 김치찌개는 이지승의 장담대로 맛이 괜찮았다.

　마땅히 할 말을 찾지 못한 우진이 이지승의 시선을 피하며 원룸을 살폈다.

조금만 충격을 가해도 삐걱거릴 것처럼 보이는 허름한 일인용 침대와 낡고 작은 TV, 계절에 어울리지 않는 몇 벌 되지 않는 옷가지들이 걸려 있는 옷걸이가 살림살이의 전부였다.

하긴 원룸이 워낙 좁다 보니 가구를 들여놓기도 무리처럼 보였다.

눈에 띄는 것은 트로피 몇 개와 야구공들, 그리고 사진들이었다.

책상을 들이는 것을 포기하는 대신 한쪽 구석에 놓여진 서랍장 위에 놓인 트로피들과 액자에 담긴 사진들은 낯이 익었다.

그리고 지금 마주앉아 있는 허름한 몰골의 노인이 한때 야구 감독이었다는 사실을 알려주고 있었다.

"왜… 이런 데서 사세요?"

"여기가 어때서."

"혼자 사시는 건가요? 사모님은?"

"이혼했다."

소주잔을 기울이고 내려놓은 이지승이 너무 담담한 목소리로 이혼했다고 대답하는 바람에 오히려 우진이 당황했을 정도였다.

그래서 순간 말문이 막혔다.

그리고 다시 이어지기 시작한 침묵이 부담스러운 듯, 이지승이 슬그머니 덧붙였다.

"야구에 미쳐서 사느라 가정도 돌보지 않고 살았지. 그런데 그 야구에서조차 실패했으니 마누라하고 자식 새끼들이 도망치는 건 당연한 거지. 혼자 살기에는 여기가 딱이야."

"하지만……."

'감독님의 말년 치고는 너무 초라하잖아요.'

우진이 하고 싶은 말은 이것이었지만, 쓴웃음과 함께 그냥 꿀꺽 삼켰다.

며칠째 잠도 제대로 자지 못한 상황인 데다가 거의 빈속에 소주를 들이부었더니 속이 쓰라렸다.

그렇지만 자꾸 소주잔에 손이 갔다.

"왜… 그만두셨어요?"

우진이 졸업한 후에도 연성대학교는 탄탄한 전력을 자랑하며 우승권을 맴돌았다. 그러나 이지승은 1년 후, 별다른 이유도 없이 감독직에서 사퇴했다.

그 후로 다시는 지휘봉을 잡지 않은 것은 물론이고, 야구계에서 도망치듯 사라진 후 야인 생활을 계속하고 계셨다.

두 사람이 경쟁하듯 번갈아가며 소주잔을 채우고 비운 탓에, 소주병은 금세 바닥을 드러냈다.

냉장고로 향한 이지승은 새 소주병을 들고 돌아와 밥상 위에 내려놓으며 대수롭지 않게 대꾸했다.

"감독으로서의 자격이 없다고 판단했으니까."

다른 사람이라면 그냥 넘겼으리라. 하지만 우진은 그럴 수 없었다.

이지승이 감독직을 내려놓은 것과 자신 사이에 연관이 있다는 확신을 가졌기 때문이었다.

"저… 때문이었어요?"

"담배 피우냐?"

"네."

"너도 많이 변했구나."

"……"

"운동선수는 몸이 재산이라고 담배와 술은 입에도 대지 않더니. 담배 하나 줘보거라."

우진이 주머니에서 담뱃갑을 꺼내 한 개비를 건넨 후, 두 손으로 공손하게 불을 붙여주었다.

후우. 잿빛 연기가 이지승의 입에서 길게 뿜어져 나왔다.

그 연기를 보면서 우진은 그가 들키지 않고 한숨을 내쉬고 싶어서 담배를 피운 걸지도 모르겠다는 생각을 했다.

갑자기 입속이 까칠하게 느껴졌다. 그래서 담배를 피고 싶다는 욕구가 치밀어 올랐을 때였다.

"너 때문이었다."

우진의 예상은 빗나가지 않았다. 이지승이 연성대학교 야구부의 감독직을 내려놓은 것은 역시 자신 때문이었다.

"전도유망한 선수의 인생을 망쳤으니 감독으로서의 자격이 없다고 판단했다. 그리고 그 생각은 지금도 바뀌지 않았다."

"감독님 때문이 아니었어요."

"……"

"제가 고집을 피웠기 때문이죠."

우진이 담배 대신 소주잔을 들어 올렸다. 간신히 멈춤 버튼을 누르는데 성공했던 그날의 기억에 대한 재생 버튼이 다시 눌러졌다.

스스로의 의지와 상관없이 다시 귓속으로 파고드는 함성을 외면하기 위해 애쓰며 우진이 힘없이 말했다.

"제가 멍청했어요."

팔꿈치가 아팠다. 고압 전류에 감전된 것처럼 찌릿찌릿한 통증이 밀려들어서 저절로 얼굴이 일그러졌다.

"후우. 후우."

가쁜 숨을 내쉬며 팔꿈치에서 보내오는 경고를 애써 무시했다.

"괜찮을 거야. 겨우 공 두 개를 던졌을 뿐인데 뭘."

마음속으로 자꾸 파고드는 불안감에서 자유로워지기 위해서 우진이 혼잣말을 중얼거렸다.

그러나 통증은 사라지지 않았고, 마음속 한쪽에 자리 잡은 불안감도 점점 더 부피를 키워갔다.

'왜지?'

우진이 입술을 꽉 깨물었다. 부담감이 생기며 긴장이 몰려들자, 자연스레 몸도 굳어졌다.

그래서 제구는 뜻대로 되지 않았고, 볼카운트는 2볼 노스트라이크로 몰려 있었다.

"복잡하게 생각할 것 없어. 일단 스트라이크를 하나 집어넣자고."

우진은 머릿속을 비우고 단순하게 공을 던지기로 결심했다. 그래서 3구로는 직구를 선택했다.

'바깥쪽 꽉 찬 직구!'

잔뜩 웅크린 타자를 노려보던 우진이 와인드업을 했다.

바깥쪽으로 완벽하게 제구를 한다면 타자가 노려 친다고 해도 파울이나 땅볼이 나올 것이었다.

그러나 불안 요소가 있었다. 바로 제구였다.

'투구 폼이 무너졌다?'

앞으로 내디딘 축이 되는 왼발이 굳건하게 버텨주지 못

하고 흔들렸다. 하체에 힘이 실리지 않자, 상체도 흔들렸다.

자연스럽게 넘어가야 할 상체가 도중에 멈칫했고, 릴리스 포인트도 평소보다 늦어졌다.

공을 손에서 놓는 순간, 우진은 제구에 자신이 없어졌다.

실투! 실투에 대한 두려움이 생긴 순간, 우진의 팔에 힘이 들어갔다.

슈아악.

팔에 힘을 더해 던진 공은 다행히 스트라이크 존을 완전히 벗어났다.

놀란 포수가 펄쩍 뛰고서야 간신히 타자의 머리 높이로 들어온 공을 잡아냈다.

공이 뒤로 빠져 어이없는 실점을 할 뻔한 상황을 간신히 넘긴 것을 확인하고서 안도한 것도 잠시, 우진의 표정이 일그러졌다.

욱씬.

조금 전까지 감전된 것처럼 찌릿하던 팔꿈치가 누군가에게 흠씬 얻어맞은 것처럼 욱씬거리고 있었다.

분명히 뭔가 잘못됐다는 걱정이 들었지만, 우진은 일그러뜨렸던 표정을 서둘러 수습했다.

그리고 더그아웃 쪽을 힐끗 살폈다.

감독님은 눈치가 빠른 분이었다. 우진이 마운드에 올라와서 던진 세 개의 공을 확인했으니, 평소와 다르다는 것을 알아챘을 확률이 높았다.

그런데 팔꿈치가 아파서 인상을 쓰고 있다면, 당장 마운드를 향해 걸어 올라와 교체를 지시하리라.

'그건 안 되지.'

감독님에게 고집을 부려서 어렵게 올라온 마운드였다. 게다가 대학에서의 마지막이 될지도 모르는 경기.

아무것도 해보지 못하고 마운드에서 내려가는 건 죽기보다 싫었다.

대학 생활의 마지막 무대에서 화려한 피날레를 장식하고 싶었다. 그래서 억지로 자신만만한 웃음을 지은 우진이 글러브 속에 들어 있는 공을 꽉 움켜쥐었다.

"에이스는 나야. 내가 책임진다!"

팔이 부서져도 좋다는 생각을 했다. 강속구 투구는 도망쳐서는 안 됐다.

직구 그립을 잡은 우진이 힘차게 와인드업을 했다.

그리고 이게 마지막이란 각오로 전력을 다해 공을 뿌렸다.

슈아악. 따악.

"악!"

공을 뿌린 우진이 그대로 바닥에 쓰러졌다. 팔꿈치가 너무 아파서 비명조차 제대로 나오지 않았다.

"와아!"

"와아아!"

눈앞이 순식간에 캄캄하게 변했다. 귓가에 들리는 것은 3루 관중석에서 터져 나온 함성 소리뿐이었다.

타자가 친 공이 만들어내는 궤적도 확인하지 못한 채 마운드 위에 쓰러진 우진의 콧속으로 비릿한 흙냄새가 파고들었다.

"TV에서 봤다. 감독이 됐더구나."

이지승이 뿌연 담배 연기를 내뿜으며 꺼낸 말 덕분에 간신히 멈춤 버튼을 누를 수 있었다.

"어쩌다 보니 그렇게 됐습니다."

"축하한다."

"축하받을 일인지 아직 모르겠습니다."

우진이 쓰게 웃으며 소주잔을 채웠다. 이지승에게나 자신에게나 껄끄러운 술자리였다.

그리고 아픈 옛날 기억이나 헤집기 위해서 이지승을 찾아온 것은 아니었다. 그래서 우진은 여기까지 찾아온 본론을 꺼냈다.

"언젠가 빚을 갚겠다고 하셨죠?"

군이 따지자면 우진이 부상을 당한 것은 이지승의 탓이
아니었다.

　우진이 마운드에 올라가서 공을 던지겠다고 고집을 부렸
던 이유가 더 컸다.

　하지만 이지승은 수술을 마치고 지루한 재활 과정을 거
쳐야 했던 우진에게 찾아와 감독인 자신의 탓이라고 말하며
기회가 되면 꼭 빚을 갚겠다고 약속했다.

　"그래. 그렇게 약속했었지."

　"그 약속, 이제 지켜주세요."

　"무슨 소리냐?"

　"돌아오세요. 야구계로."

　식어버린 김치찌개를 뒤집고 있던 이지승의 숟가락이 멈
추었다.

　밥상 위에 숟가락을 내려놓은 이지승이 소주잔을 비우는
것을 확인한 우진이 덧붙였다.

　"한성 비글스 팀의 2군 감독을 맡아주세요."

　"난… 자신이 없다. 현장을 너무 오래 떠나 있기도 했고."

　"아니요. 감독님이 적임자입니다."

　"우진아!"

　"네, 감독님."

　"이러는 이유가 뭐냐? 내가 사는 꼴을 보고 나니 불쌍하

게 느껴져서 그래?"

"그런 것 아닙니다."

"그럼?"

"감독님도 아시겠지만 이번에 제가 맡은 한성 비글스 팀은 너무 약합니다. 여러 가지 문제점이 있겠지만 제가 생각할 때 가장 큰 문제점 중 하나가 바로 경쟁 부족입니다."

현재 리그에서 상위권을 달리고 있는 대승 원더스나 중앙 드래곤즈 팀을 살피면 가장 큰 특징 중 하나가 두터운 선수층이었다.

현재 팀의 주전으로 나서고 있는 선수가 부상이나 컨디션 저하로 라인업에서 빠지더라도 크게 기량 차이가 나지 않는 백업 선수들이 그 자리를 든든히 메워주었다.

그 덕분에 감독은 장기 레이스에서 선수들의 체력을 안배해 가며 한 시즌을 치를 수 있었고, 선수들은 언제 자신의 자리를 뺏길지 모른다는 두려움 때문에 더욱 훈련에 매진하고 경기에 집중할 수 있었다.

그러나 한성 비글스는 달랐다.

주전 선수와 백업 선수의 실력 차가 워낙 커서 아예 경쟁 조건이 갖춰지지 않았다.

현재 주전 선수들은 경쟁자가 없다는 생각에 안주했고, 경기에 임하는 집중력도 떨어졌다.

"현재 주전 선수들을 위협할 수 있는 백업 선수들의 기량을 키우는 것이 급선무입니다. 그래서 2군이 중요합니다."

구구절절한 설명은 필요없었다.

오랫동안 야구계에 몸담으면서 감독 생활을 거쳤던 이지승이라면 한성 비글스 팀의 상황과 약점에 대해서 누구보다 잘 알 터였다.

이제는 이지승의 대답을 기다릴 차례였다.

쪼르륵. 기다림의 시간이 길어졌다.

소주잔을 손에 든 채 고민에 잠긴 이지승을 힐끗 살핀 우진이 병을 들어 잔을 채울 때였다.

"지난한 작업이다."

소주병을 움켜쥔 우진의 오른손에 힘이 더해졌다.

이지승은 야구계로 돌아와 한성 비글스 팀의 2군 감독을 맡겠다는 결심을 굳힌 듯 보였다.

"알고 있습니다. 그런데 시간이 많지 않습니다."

"……?"

"내년에 우승을 원합니다."

"누가?"

"구단주님이요."

우진의 말이 끝나자, 이지승은 황당한 표정을 감추지 않았다.

"야구를 모르는 구단주를 만났구나."

"그러니 저를 감독으로 선임했겠죠."

"어쩔 생각이냐?"

"약속을 했으니 지켜야죠."

우진이 두 눈을 빛내며 힘주어 말했다. 강균성과 약속을 했으니, 그 약속을 지켜야 했다.

그리고 그 약속을 지키기 위해서는 지금 마주앉아 있는 이지승의 도움이 절실히 필요했다.

"난… 자신이 없다."

"아니, 감독님은 할 수 있습니다."

"하지만……."

"고등학교를 졸업할 때까지만 해도 저는 평범한 투수였습니다. 하지만 감독님은 그런 저를 야구 명문인 연성대학교의 에이스로 만들어주셨습니다."

"그건 네게… 재능이 있어서 가능한 일이었다."

"그 재능을 꽃피우게 한 건 감독님의 지옥 훈련 덕분이었죠."

우진이 쓰게 웃으며 대답했다. 당시 이지승이 시킨 훈련은 지독했다.

말 그대로 지옥에 온 느낌이었달까? 오죽했으면 참을성이 강하다고 자부하는 우진도 세 번씩이나 숙소를 이탈했을까?

예전 기억을 더듬는 이지승의 입가로 푸근한 웃음이 떠올랐다. 그 웃음을 확인하고서 우진은 깨달았다.

애써 아닌 척하고 있지만, 이지승도 어느 누구보다 야구를 그리워하고 있다는 사실을.

"한성 비글스의 2군 팀에는 재능이 차고 넘치는 선수들이 많습니다."

지난 몇 년간 꼴찌를 도맡아 한 덕분에 한성 비글스는 신인 드래프트 지명에서 꾸준히 우선권을 얻었다.

고등학교와 대학교에서 타고난 재능을 발휘하며 여러 프로 팀들의 주목을 받은 선수들은 지금 한성 비글스 팀의 2군에 한데 모여서 우글거리고 있었다.

"그 선수들의 재능을 꽃피우게 해주세요."

우진의 간곡한 부탁이 마침내 이지승의 마음을 움직이는 데 성공했다. 하지만 이지승은 여전히 신중했다.

"만약에… 만약에 말이다. 다시 재능 있는 선수의 야구 인생을 망치면 난 견딜 수 없을 것 같다."

한층 작아진 이지승의 목소리에는 자신감이 없었다. 그러나 우진은 이미 이런 반응을 예상한 후였다.

그래서 이지승이 이런 말을 꺼냈을 때, 던질 말도 준비해 두었다.

"오랫동안 생각했습니다. 아니, 그날 이후 하루도 빼놓지 않고 생각했습니다. 내가 왜 그날 부상을 당했는지."

"내… 탓이었지."

"맞습니다. 감독님의 탓이었습니다."

우진이 던진 돌직구가 당혹스러운 듯 이지승이 다시 술잔을 입으로 가져갔다.

그 모습을 지켜보던 우진도 술잔을 들었다.

단 하루도 빼놓지 않고 악몽 같은 그날의 기억을 떠올려 마주쳤다.

그리고 마침내 원인을 찾아냈다.

투구 폼.

우진이 부상을 당했을 당시, 언론에서는 혹사 논란으로 떠들썩했다. 그러나 진짜 원인은 따로 있었다.

하체가 무너진 탓에 투구 폼도 같이 무너졌다.

하체가 받쳐주지 못하니 상체와 팔에 힘을 더할 수밖에 없는 악순환이 일어났고, 그게 바로 부상의 진짜 원인이었다.

만약 하체가 더 굳건하게 받쳐주었다면, 그래서 투구 폼이 더 유연했다면 절대 부상을 당하지 않았으리라.

"훈련이 약했어요."

"우진아."

"이번에는 같은 실수를 반복하지 마세요. 선수들이 부상

을 당하고 싶어도 당하지 못하게 더 지독하게 훈련시켜 주
세요."

　우진이 밥상 위에 놓여져 있는 식어버린 김치찌개를 치웠
다. 그리고 그 자리에 계약서를 올려놓았다.

Chapter 2

　더그아웃의 분위기는 냉랭했다. 어제 벤치 클리어링의 여파가 아직 고스란히 남아 있었기 때문이었다.

　선수들은 어제 경기 도중 그라운드에서 싸움을 벌인 장태준과 김전우의 눈치를 살피느라 바빴고, 코치들도 당황하고 있는 것은 마찬가지였다. 그렇지만 가장 눈치를 살피고 있는 것은 뭐니 뭐니 해도 장태준과 김전우였다.

　자신들이 엄청난 잘못을 한 걸 알고 있어서일까?

　우진이 더그아웃에 모습을 드러냈지만, 훈련을 하는 장태준과 김전우는 더그아웃 쪽으로는 아예 고개도 돌리지 않았다. 두 사람을 힐끗 살핀 우진이 코칭스태프들을 더그아웃 앞으로 불러 모았다.

어제 경기 도중, 그라운드에서 발생한 폭력 사태는 한성 비글스 팀의 팬들은 물론이거니와, 다른 팀 팬들의 조롱까지 받을 정도로 한심한 짓거리였다. 이런 중대한 사건이 벌어졌는데 그냥 묵인하고 넘길 수는 없는 노릇이었다.

"어떻게 했으면 좋겠습니까?"

우진이 운을 뗐지만, 코칭스태프들은 눈치를 살피기 바빴다. 어느 누구도 총대를 메고 먼저 나서지 않았다. 그래서 꽤 길게 이어지고 있던 침묵을 먼저 깨뜨린 것은 수석 코치인 정진철이었다.

"조용히 수습하는 게 좋을 것 같습니다."

"방법을 말해보세요."

"이번 폭력 사태에 대한 문책성으로 김전우를 잠시 2군으로 내려보내는 게 어떻겠습니까?"

정진철이 조심스럽게 꺼내 놓은 수습책을 들은 우진이 슬쩍 미간을 찌푸렸다. 훈련 도중에 벌어진 것이 아니라 경기 중에 벌어진 폭력 사태였다.

야구장을 찾아오거나, 인터넷이나 TV로 중계를 지켜보던 팬들이 모두 이번 폭력 사태를 목격했고, 매스컴에서도 대서특필한 사건이었다. 그런데도 조용히 수습하고 넘어가자고 제안하는 정진철의 방식이 마음에 들지 않았다.

"늘 이런 식이었습니까?"

"네?"

"치부가 있으면 드러내야 옳은 게 아닙니까? 자꾸 감추고 쉬쉬하다 보면 상처는 곪게 마련입니다."

"하지만……."

"그리고 저는 수석 코치님의 수습책이 이해가 안 가는군요. 왜 김전우 선수만 2군으로 내려보냅니까? 장태준 선수는요?"

우진이 다그치듯 묻자, 정진철의 표정이 일그러졌다. 그리고 변명을 꺼내듯 더듬거리며 입을 뗐다.

"감독님도 아시다시피 태준이는 팀의 주장입니다. 그런데 주장에게 주먹을 휘둘렀으니 팀 분위기가 망가지는 것은 당연합니다. 게다가 태준이는 우리 팀의 4번 타자입니다. 태준이가 빠지면 팀의 화력에 문제가 생길 게 뻔하니까……."

"수석 코치님!"

"네? 네!"

"기억하실지 모르겠지만 장태준 선수는 그날 경기에서 실책을 두 개나 저질렀습니다."

"실책이야… 누구나 저지를 수 있는 것 아닙니까? 그날 컨디션이 안 좋아서 그랬을 겁니다."

"컨디션이 좋았을 리가 없었겠죠. 밤새 술을 퍼마시고 술이 다 깨지도 않은 상태에서 경기에 출전했으니까."

당황해서일까? 몸을 움찔하는 정진철의 시선을 피하지 않은 채 우진이 확신에 찬 목소리로 물었다.

"수석 코치님, 군대는 갔다 오셨습니까?"

"군대요? 갔다 왔습니다만 왜 갑자기 그런 걸 물으시는 겁니까?"

"그럼 잘 아시겠네요. 내가 없으면 군대가 제대로 돌아갈 것 같지 않지만, 내가 제대를 해도 군대는 아무 이상 없이 잘 돌아가는 법이죠."

"그건……."

"이가 없으면 잇몸으로 때우면 됩니다. 팀의 주장이고 4번 타자라고 해도 예외는 없습니다."

우진의 서슬 퍼런 기색에 당황한 코칭스태프들은 고개를 숙여 시선을 피하기 급급했다. 아직 할 말이 남은 것처럼 보이는 정진철을 빤히 바라보던 우진이 힘주어 덧붙였다.

"장태준과 김전우는 함께 징계를 받아야 공평하다고 생각합니다. 저는 두 선수에게 3경기 출전 정지라는 제재를 가할 생각입니다."

"하지만 태준이가 없으면 팀의 공격력에 심각한 문제가……."

"경기에서 져도 상관없습니다."

"네?"

"경기의 승패보다 더 중요한 건 팀의 원칙을 세우는 것이 니까요."

정진철은 쉽사리 물러나지 않았다. 마지막까지 장태준을 감싸기 위해서 정진철이 슬그머니 입을 열었다.

"3경기 출장 정지는 너무 많은 것 같습니다. 선수들의 사 기를 생각해서 한 경기만 줄여주시는 게 어떻습니까?"

"그럼 2경기 출전 정지로 징계를 결정하도록 하겠습니다."

우진이 못 이긴 척 그 제안을 받아들였다. 솔직히 말하면 우진은 이미 정진철과 장태준의 관계가 각별하다는 것을 알 고 있었다. 그래서 정진철이 이렇게 나올 것을 짐작하고 있 었고, 마지못해 제안을 받아들여 준 것이었다.

팀의 연패를 끊기 위해서는 김전우가 꼭 필요했다. 또 이 번 부탁을 들어주며 수석 코치인 정진철의 얼굴도 세워준 셈이니 일석이조라 할 수 있었다. 그래서 흡족한 표정을 짓 고 있던 우진이 다시 입을 뗐다.

"2군 감독을 교체했습니다. 새로운 2군 감독으로 부임하 실 분은 이지승 감독님입니다."

워낙 갑작스러운 통보인 탓에, 할 말을 잃어버린 정진철은 입도 제대로 다물지 못했다. 그리고 충격을 감추지 못하던 정진철은 한참 만에야 간신히 입을 뗐다.

"어떻게 저희와 상의도 없이……."

"상의는 구단주님과 했습니다. 2군 감독을 교체하는 사안에 대해서 수석 코치님과도 상의를 해야 합니까?"

"그런 건 아니지만……."

"1군 코치진도 머잖아 개편할 예정입니다. 그리고… 몇 명의 2군 선수들을 1군으로 불러올릴 예정입니다."

우진이 일방적으로 통보를 마쳤다.

충격에 휩싸인 탓일까?

아무런 말도 꺼내지 못하고 서로 눈치만 살피고 있는 코칭스태프들을 내버려 둔 채 경기 일정을 살피기 시작했다.

9연패.

심원 패롯스와의 2연전을 모두 패한 한성 비글스는 어느덧 9연패에 빠졌다. 외국인 투수인 타운스가 7이닝 4실점으로 나름대로 분전했지만, 벤치 클리어링 사건 이후로 가라앉아버린 팀의 분위기가 문제였다. 한성 비글스 팀의 타자들은 고작 1점을 뽑는데 그쳤고, 결국 1 : 5로 경기에서 패했다.

물론 9연패가 모두 우진의 책임은 아니었다. 전임 감독이 6연패를 한 상태에서 해임됐으니, 우진이 부임한 이후의 한성 비글스는 3연패를 기록했을 뿐이었다.

하지만 그 사실을 기억해 주는 사람은 없었다.

매스컴은 신임 감독 부임 후 9연패라고 떠들고 있었고, 결국 우진이 오롯이 모든 책임과 비난을 떠안아야만 했다.

"오늘도 숙소로 안 들어갈 거죠?"

경기가 끝나고 나서 검정색 세단에 올라타자마자 강지영이 물었다.

"네, 아직요."

"언제 들어갈 건데요?"

"1승을 거두고 나서 들어갈게요."

거의 매일 밤을 새우다시피하고 찜질방에서 잠깐 눈을 붙였다가 샤워만 하고 나오는 생활의 연속이었다. 푹신한 침대와 따뜻한 이불이 사무칠 정도로 그리웠지만, 아직은 쉴 때가 아니란 생각이 들었다.

'혹시 마음이 상한 건가?'

강지영이 입을 꾹 다물고 있는 것을 느낀 우진이 눈치를 살피며 조심스럽게 물었다.

"왜 말이 없어요?"

"그냥요. 갑자기 그런 생각이 들어서요."

"무슨 생각요?"

"과연 내가 우진 씨를 위해서 신경 써서 정성껏 마련해 놓은 숙소에 들어갈 수나 있을까란 생각!"

"그 말은 우리 팀이 1승도 못 거둔 상태에서 내가 해임하게 될 거라는 저주인가요?"

"어머, 들켰네."

속내를 들키고 나서 깔깔 웃던 강지영이 아이패드를 건넸다. 아이패드 화면 속에는 한성 비글스 팀에 관한 기사가 떠올라 있었다.

한성 비글스 팀 최다 연패 경신 확정적!

이미 한성 비글스 팀이 최다 연패 기록인 11연패를 경신할 것이라고 확신하는 어투로 작성된 기사를 보던 우진이 눈살을 찌푸렸다. 이 기사를 작성한 기자는 한성 비글스 팀이 11연패를 넘어 12연패에 빠지게 될 거라고 확신하는 근거로 세 가지를 들고 있었다.

첫째는 한성 비글스 팀과 맞붙을 상대 팀이었다.

우송 선더스.

시즌이 막바지를 향해 가고 있는 시점에서 우송 선더스는 현재 리그 선두인 대승 원더스 팀을 한 게임 차이로 추격하며 치열한 선두 다툼을 벌이고 있었다.

그리고 기자는 선두 탈환을 노리고 있는 막강 전력의 우송 선더스가 보약이나 다름없는 한성 비글스와의 3연전을

싹쓸이하기 위해서 전력을 다할 것이 틀림없다는 근거를 자신의 주장을 뒷받침하기 위해서 내세우고 있었다

둘째는 장태준과 김전우의 벤치 클리어링으로 인한 전력 누수와 팀 분위기 침체를 꼽았다.

한성 비글스 팀 투타의 핵심 전력인 장태준과 김전우는 내부적으로 두 경기 출전 정지라는 징계를 받아서 우송 선더스와의 3연전 중 1차전에 나설 수 없었고, 이번 폭력 사태로 인해서 팀의 타선이 침체된 것도 문제라고 지적했다.

셋째는 신임 감독인 우진의 리더십을 꼽았다. 신임 감독으로 부임한 지 긴 시간이 흐른 것은 아니지만, 우진이 새롭게 부임한 후 한 일이 아무것도 없다는 논조를 펼쳤다.

적재적소에 작전을 펼친 것도 아니고, 팀을 완벽하게 장악하지도 못했다고 주장한 기자는 제대로 검증이 되지 않은 감독으로 교체한 것이 최다 연패로 이어질 결정적인 원인이라고 주장했다.

"어때요?"

"잘 썼네요."

한 글자도 빼놓지 않고 기사를 꼼꼼히 읽은 우진이 솔직한 감상평을 내놓았다. 딱히 틀린 말은 없었다. 장문의 기사는 현재 한성 비글스가 가지고 있는 불안 요소들을 정확히 짚어내고 있었다.

"그런데 기분이 나쁘네요."

"오기 발동?"

"비슷해요."

"그럼 이제 어쩔 건데요?"

"이 기자가 틀렸다는 것을 증명해 줘야죠."

"어떻게요?"

호기심이 동한 듯 두 눈을 반짝이고 있는 강지영은 예뻤다. 그래서 우진이 힌트를 주기로 결심했다.

"야구 감독이 하는 일은 많아요. 그중에서 가장 중요한 것이 뭔지 알아요?"

"음, 상대 팀의 허를 찌르는 기막힌 작전을 펼치는 것? 아니면, 팀을 하나로 만드는 것?"

"그것들도 중요하죠. 하지만 더 중요한 것이 있어요."

"그게 뭔데요?"

"변수를 줄이는 거죠."

"변수?"

"쉽게 말해 경기의 분위기와 승패에 영향을 미칠 수 있는 변수를 줄이는 작업이 감독에게 있어서 가장 중요한 일이죠. 그래야만 경기의 승패를 미리 예측할 수 있고, 경기 중에 발생할 수 있는 돌발 상황을 최소한으로 줄일 수 있으니까."

객관적인 전력이라는 말은 괜히 생긴 것이 아니었다. 프로 야구 팀들은 이미 모두 전문적인 전력 분석가들을 동원해 상대 팀 선수들의 면면을 거의 완벽하게 분석을 끝내놓은 상황. 이미 분석이 끝난 선수들이 경기에 나섰을 때의 능력 은 한계치가 있었다.

즉, 리그 꼴찌를 달리고 있는 한성 비글스 팀과 선두를 달 리고 있는 대승 원더스가 베스트 라인업을 가동해 맞붙었을 때, 선수 면면에서 현저히 떨어지는 한성 비글스 팀이 이길 확률이 현저히 낮다는 뜻이었다.

"객관적인 전력에서 한성 비글스 팀은 우송 선더스 팀에 비해 압도적인 열세인 게 사실이에요."

"그 말은 결국 못 이긴다는 뜻이잖아요?"

"현재 상태라면 그렇죠."

"그럼?"

"미지수를 만들면 승산이 생기죠."

완벽하게 말뜻을 알아듣지 못한 탓에 강지영이 고개를 갸 웃하는 것을 바라보던 우진이 씨익 웃었다.

우송 선더스 팀을 맡고 있는 감독의 머리에 쥐가 나게 만 들어주고 싶었다. 그리고 그것을 위해서 우진이 해야 할 일 은 하나였다.

"이제 미지수를 찾으러 가죠."

　　　　*　　　　*　　　　*

　밤 열 시가 훌쩍 넘은 시간이었지만, 영산 볼파크의 불빛
은 대낮처럼 환하게 켜져 있었다.

　그리고 라이트가 환하게 밝히고 있는 그라운드에는 2군
선수들이 몰려나와서 맹훈련을 하고 있었다. 불과 며칠 전
과는 전혀 다른 분위기를 접한 강지영이 놀란 표정을 감추
지 않고 물었다.

　"지난번에 찾아왔던 곳과 같은 곳이 맞아요?"

　"맞아요."

　"도대체 무슨 짓을 한 거예요?"

　"간단해요. 2군이란 밭의 주인을 바꿨죠."

　강지영에게 잠시 기다리란 말을 남기고 우진이 영산 볼파
크 안으로 들어섰다. 원래는 새롭게 2군 감독으로 부임한 이
지승을 찾아갈 계획이었지만, 우진은 도중에 마음을 바꿔
선수들의 훈련 장면을 지켜보았다.

　멀리서 지켜보는 것과 가까이서 지켜보는 것은 분명히 달
랐다. 대부분의 선수들이 이마에 굵은 땀방울을 매달고 있
었고, 유니폼도 땀으로 흠뻑 젖어 있었지만 눈빛은 각양각색
이었다.

그리고 현재 훈련에 매진하고 있는 선수들의 눈에 가장 많이 들어차 있는 감정은 불만이었다.

"나도 저랬던 적이 있었지."

훈련하는 선수들을 응시하던 우진이 쓴웃음을 머금었다.

고등학교를 졸업하고 대학에 들어온 후, 갑자기 늘어난 훈련량에 혀를 내둘렀었다. 입에서는 늘 단내가 풍겼고, 식사 시간도 충분치 않았다. 식어서 딱딱하게 변한 햄버거를 억지로 씹어 삼키고 소화도 제대로 되지 않은 상태에서 런닝을 할 때마다 혀를 꽉 깨물고 죽고 싶은 심정이었다.

그래서 지금 선수들의 심정이 이해가 갔다. 그동안 편안한 생활에 길들어져 있었다가 갑자기 늘어난 훈련량에 불만이 쌓이기 시작한 것이었다.

이지승을 만나기 위해서 잠시 훈련 장면을 훑어본 우진이 떠나려다가 다시 걸음을 멈추었다.

파앙. 파앙.

투수 출신인 탓일까? 우진은 투수 조에 속한 채 실전을 방불케 하는 전력투구를 하는 선수에게 시선을 빼앗겼다.

175㎝ 정도로 키는 작았고, 살집도 두툼했다. 투수로서는 최악의 신체 조건이었지만 우진의 시선을 사로잡은 이유는 바로 투구 폼이었다.

물 흐르듯 자연스러운 투구 폼은 이미 완성이 된 상태라고 해도 무방했다. 그래서일까? 구속은 140㎞대 초반에 머물렀지만, 공 끝에 힘이 잔뜩 실린 채 꿈틀거리고 있었다.

"왔냐?"

라이브 피칭에 시선을 빼앗긴 터라, 우진은 이지승이 곁으로 다가온 것도 몰랐다. 그 목소리를 듣고서 뒤늦게 고개를 돌리자, 흙과 땀으로 범벅이 된 이지승의 주름진 얼굴이 보였다.

햇볕에 새까맣게 탄 이지승의 얼굴에는 감출 수 없는 피곤함이 묻어나고 있었지만, 표정만큼은 밝았다. 그 밝은 표정이 우진의 마음을 조금은 가볍게 만들어주었다.

"다 죽일 생각이세요?"

"누구? 애들?"

"벌써 얼굴에 핏기가 사라졌던데요."

"걱정 마라. 사람은 쉽게 안 죽으니까. 그리고 예전에 비하면 아무것도 아냐. 잠도 푹 재우고, 식사 시간도 20분씩이나 주니까. 이게 다 요즘 애들이 나약해서 그래. 그래서 조금 더 몰아붙일 생각이다."

지금 그라운드에서 불만 섞인 표정으로 훈련을 하고 있는 선수들이 들으면 기겁할 말을 아무렇지도 않게 내던진 이지승이 훈련에 매진하고 있는 투수 조를 향해 시선을 던졌다. 우진이 기회를 놓치지 않고 질문을 던졌다.

"저 선수는 누구예요?"

굳이 손가락으로 가리키며 묻지 않았지만, 이지승은 우진이 묻고 있는 선수가 누군지 눈치채고 대답했다.

"골칫덩어리!"

"골칫덩어리요?"

"그래. 고집이 장난이 아냐."

이지승이 고개를 절레절레 흔드는 것을 확인하고 나자, 우진은 더욱 호기심이 일었다. 직접 겪어본 적이 있기에 이지승의 고집이 누구 못지않다는 사실을 잘 알고 있었다.

그런 이지승이 고집을 꺾지 못했다며 고개를 절레절레 흔들 정도면 얼마나 고집이 센 걸까?

"그런데 보물이야."

"보물요?"

"너도 직접 봤으니 알 것 아냐?"

"투구 폼이 거의 완벽하네요."

"그래. 딱히 손댈 게 없을 정도야."

우진 혼자만 그렇게 느낀 것이 아니었다. 이지승 역시 저 선수의 투구 폼에 감탄하고 있었다. 비록 현장에서 오랫동안 떠나 있었다고 해도 빼어난 지도자로 이름을 날렸던 이지승의 눈은 녹슬지 않았다.

"저 선수, 이름이 뭐예요?"

"윤경만이야."

윤경만이란 이름을 들은 우진이 고개를 갸웃했다.

게임볼은 거의 실시간으로 선수들에 대한 업데이트를 했고, 어느 누구보다 게임볼을 열정적으로 분석하고 공부한 덕분에 우진은 각 팀의 1군은 물론이고 2군에 속해 있는 모든 선수들의 데이터를 머릿속에 입력해 두고 있었다. 그럼에도 불구하고 윤경만이란 이름은 생소했다.

"처음 들어보는 이름인데요."

"그럴 거야. 몸이 어떤 것 같아?"

"운동선수 같지 않은데요."

우진이 투구 준비를 하고 있는 윤경만을 좀 더 자세히 살피며 대답했다. 근육보다 지방이 더 많아 보였고, 손에 잡힐 정도로 두툼한 뱃살은 아무리 좋게 봐도 현역 운동선수의 몸처럼 보이지 않았다.

"맞아. 한참 동안 운동을 손에서 놓았어. 군대에 갔다가 제대한 지 얼마 지나지 않았거든."

"현역으로요?"

"그래. 2군만 전전했던 터라 상무나 경찰청 야구팀에 들어가지 못했다고 하더군."

올림픽이나 아시안 게임에서 금메달을 따야만 병역 혜택이 돌아갔다. 하지만 병역 혜택을 받는 것은 극히 일부의 선수들뿐이었고, 대부분의 야구 선수들은 병역의무를 이행해야 했다.

그러다 보니 계속 야구를 할 수 있는 상무나 경찰청 야구팀에 들어가기 위한 경쟁은 점점 치열해졌고, 2군에서만 전전하며 인상적인 활약을 선보이지 못한 윤경만은 당연히 경쟁에서 밀렸을 것이었다.

"용케 야구를 포기하지 않았군요."

"근성은 있는 놈이야."

"눈빛이 살아 있네요."

"자신감도 넘쳐. 구속이 조금만 더 올라오고, 결정구로 쓸 변화구 하나만 확실하게 익히면 1군에서도 통할 거야."

이지승은 칭찬에 인색한 편이었다. 그런 그가 이 정도로 말한다면, 물건이 될 확률이 높았다.

"감독님!"

"왜?"

"지금 1군에 올리면 어떨까요?"

"완봉!"

"……?"

"저 녀석이 그러더군. 당장 1군에 올라가도 완봉할 자신이 있다고."

이지승이 실소를 터뜨리며 덧붙인 말을 듣고서, 우진도

마주 웃으며 화답했다.

"한번 시험해 볼까요?"

"농담이야?"

"지금 우리 팀 상황이 농담이나 던질 정도로 좋지 않다는
건 감독님도 아시잖아요."

"진심이로군. 괜찮을까?"

"그건 부딪혀 봐야 알죠."

못 말린다는 표정을 지은 채 고개를 절레절레 흔들고 있
는 이지승을 바라보던 우진이 진지한 표정으로 물었다.

"2군 분위기는 어때요?"

"형편없지."

"가장 큰 문제가 뭔가요?"

"의욕이 없어."

잠시도 지체하지 않고 딱 잘라 말하는 이지승의 대답을
들은 우진이 고개를 끄덕였다. 그라운드에서 훈련에 임하고
있는 선수들의 두 눈에는 불만이 깃들어 있었다.

그리고 그 불만은 갑자기 늘어난 훈련량 때문만은 아니었
다. 좀 더 근본적인 이유가 존재했다.

"2군에서 열심히 훈련하면서 준비를 하더라도 1군으로 올
라가는 경우가 드물어. 게다가 어렵게 1군에 올라가더라도
제대로 활약할 기회가 충분히 주어지지 않은 탓에 곧 짐을

싸서 2군으로 돌아오는 케이스가 대부분이었어."

정체!

동맥이 꽉 막혀서 피가 제대로 돌지 않는 것처럼, 1군과 2군 사이의 가교가 막힌 탓에 2군 선수들은 훈련에 대한 의욕마저 상실한 상태였다. 다시 의욕을 찾도록 만들기 위해서는 막힌 가교가 다시 열렸음을 보여주는 수밖에 없었다.

"세 명을 올릴 생각입니다."

"세 명씩이나?"

"우송 선더스와의 3연전에서 연패를 끊어낼 생각입니다. 승리를 위해서 미지수를 만들 생각입니다."

이지승은 더 자세히 묻지 않았다. 우진의 의중을 이미 파악했기 때문이리라. 대신 그는 다른 질문을 던졌다.

"점찍어 둔 선수는 있어?"

"두 명은 점찍어 두었습니다. 나머지 한 명은 감독님께서 추천해 주시죠."

"투수 쪽? 타자 쪽?"

"타자 쪽이 더 시급합니다."

"알았다."

이지승의 안목은 믿을 수 있었다. 이곳을 찾은 목적을 완수한 우진이 돌아갈 채비를 할 때, 이지승이 걱정스러운 표정으로 물었다.

"그런데 누굴 2군으로 내릴지는 결정했나?"

"결정했습니다."

"장태준이를 2군으로 내리면 선수들의 반발이 심할 수도 있는데."

이지승이 걱정하는 이유는 결국 자신이 팀을 완벽하게 장악하지 못했기 때문이었다. 그래서 쓰게 웃던 우진이 이지승의 걱정을 조금이나마 덜어주기 위해서 입을 뗐다.

"너무 걱정 마세요. 선수들의 반발을 최소화할 수 있는 방법을 찾았으니까요."

한성 비글스와의 홈 3연전.

우송 선더스의 감독인 정웅인이 생수를 마셔 목을 축였다. 가뭄에 내리는 단비라고 했던가? 상대가 리그 최하위인 한성 비글스인 데다가 홈경기라는 이점까지 안고 있으니 이번 삼연전은 치열한 선두 다툼을 벌이고 있는 우송 선더스 팀에게 보약이나 다름없었다.

"상대가 아무리 약팀이라고 해도 방심해선 절대 안 된다고 전해."

수석 코치를 불러서 경기 전에 선수들에게 주의를 주라고 전달했다. 그렇게 선수들에게 엄포를 늘어놓긴 했지만, 그저 노파심에서 한 말일 뿐이었다.

리그 선두인 대승 원더스와의 승차는 한 경기 반.

대승 원더스를 제치고 리그 우승을 차지하겠다는 강한 의지를 불태우고 있는 선수들의 정신 무장은 완벽에 가까웠다. 그리고 객관적인 전력에서 월등한 우세를 점하고 있는 상황인 만큼, 승패의 향방을 바꿀 변수는 거의 없었다.

유일한 변수라면 한성 비글스 팀의 신임 감독인 노우진이었다.

하지만 정웅인은 크게 걱정하지 않았다. 노우진이 신임 감독으로 부임했음에도 불구하고, 한성 비글스 팀은 나아지는 기미가 전혀 보이지 않았다. 현재 9연패를 기록하고 있었고, 신임 감독 부임 후에도 3연패를 기록 중이었다.

"야구 게임을 잘해서 감독이 됐다고? 게임만 할 줄 아는 아직 새파랗게 젊은 놈이 뭘 할 수 있겠어?"

밥상은 잘 차려져 있었다. 이제 차려진 밥상에 숟가락만 얹으면 된다고 생각하고 있던 정웅인이 한성 비글스 팀의 선발 라인업을 확인하고서 눈살을 찌푸렸다.

"둘이나 바뀌었잖아."

올 시즌이 시작된 후, 거의 변동이 없던 한성 비글스 팀의 선발 라인업에 변화가 있었다. 장태준과 곤잘레스의 이름이 보이지 않았다.

"그냥 둘이 아니라 팀의 중심 타자들이 모두 빠진 셈이로군. 대체 무슨 생각인 거지?"

한성 비글스 팀의 4번 타자를 맡고 있는 장태준의 결장은 이미 예고되어 있었다. 지난번 어이없는 그라운드 내 폭력 사태로 인해서 2경기 출장 정지라는 징계를 받았다고 했으니까. 그렇지만 5번 타순을 맡고 있는 외국인 타자 곤잘레스까지 결장한 것은 분명히 예상 밖이었다.

"어떻게 된 건지 빨리 알아봐."

희끗한 머리를 손으로 쓸어 올리며 정웅인이 수석 코치에게 지시했다. 그리고 잠시 뒤 돌아온 수석 코치는 뜻밖의 이야기를 꺼냈다.

"외국인 타자인 곤잘레스는 2군으로 내려갔답니다."

"2군? 외국인 타자를?"

"곤잘레스만이 아니랍니다. 두 명의 외국인 투수도 모두 2군으로 내려보냈다고 합니다."

"무슨 꿍꿍이지?"

외국인 선수를 영입할 때는 연봉 상한제가 존재했다. 현재 프로야구에서는 30만 달러가 외국인 선수의 연봉 상한선이었다. 하지만 외국인 선수 연봉 상한제는 허울뿐인 제도에 불과했다.

거의 모든 구단에서 거액의 뒷돈을 쥐어주고 실력이 뛰어난 외국인 선수를 영입했다.

그래서 부상 같은 특수한 경우가 아니라면 거액을 주고 영입한 외국인 선수를 2군에 내려보내는 경우는 드물었다.

'부상인가?'

곤잘레스가 부상을 당해서 불가피하게 2군으로 내려보냈을 가능성도 있었다. 그렇지만 나머지 두 명의 외국인 투수들도 함께 2군에 내려간 상황이었다. 세 명의 외국인 선수들이 한꺼번에 부상을 당했을 가능성이 얼마나 될까?

자꾸 신경이 쓰였다. 그렇지만 정웅인은 이내 관심을 접었다.

한성 비글스의 신임 감독이 무슨 이유로 외국인 선수를 내려보냈는가는 중요치 않았다. 어차피 상대 팀 내부의 사정이었으니까. 지금 중요한 것은 2군으로 내려간 선수가 아니라, 1군으로 승격된 선수들의 면면이었다.

"2군에서 올린 선수들이 누구지?"

"백병우와 송일국, 그리고 윤경만입니다. 백병우와 송일국은 타자이고, 윤경만은 투수입니다."

"세 명 모두 이름이 낯설군."

정웅인이 코끝을 문질렀다. 노우진을 제외하고는 변수가 없다고 생각했던 이번 경기였는데, 갑자기 변수가 늘어나 버렸다. 그리고 어디로 튈지 모르는 변수들이 정웅인의 머릿속을 복잡하게 만들고 있었다.

"저 선수들의 데이터는 찾아봤나?"

"그게… 세 선수 모두 1군에서 뛴 기록이 거의 없습니다. 백병우는 한성 비글스에 입단한 후 지난 3년간 15경기에 뛴 것이 전부입니다. 통산 타율은 1할 5푼이었고, 홈런을 하나 기록했습니다. 송일국은 2년간 7경기에 출전했고, 그것도 대부분 대수비 요원이었습니다. 다섯 번 타석에 들어섰지만 안타는 기록하지 못했습니다. 그리고 마지막으로 윤경만은 1군에서 뛴 적이 아예 없습니다."

수석 코치가 재빨리 쏟아내는 데이터를 듣고 있던 정웅인이 원정 팀 더그아웃 감독석에 앉아 있는 우진을 힐끗 바라보았다.

1군에서 기록한 통산 타율이 1할대인 타자를 4번 타순에 기용하고, 1군에서 대수비 요원으로 7경기를 뛴 것이 전부인 선수를 외국인 타자인 곤잘레스 대신 경기에 투입한 것에 무슨 꿍꿍이가 있는 게 아닐까 의심했다.

하지만 백병우와 송일국에 대한 데이터를 듣고 나자 의심이 사라졌다.

'오죽 선수가 없었으면 저런 식으로 라인업을 구성했을까?'

팔짱을 낀 채 골몰히 생각에 잠겨 있는 노우진을 지켜보고 있자니, 오히려 짠한 느낌이 들었다.

그리고 그사이, 원정 팀인 한성 비글스의 선공으로 3연전의 첫 경기가 시작됐다.

"스트라이크 아웃!"

심판의 손이 올라가며, 한성 비글스 팀의 선두 타자인 고동선이 삼진으로 물러났다. 하지만 무력하게 물러난 것은 아니었다. 풀카운트까지 가는 접전을 벌인 끝에 유인구에 속아서 헛스윙을 하며 삼진으로 물러났다.

2번 타자인 장기형은 3구인 슬라이더를 당겨 쳐서 유격수 땅볼로 물러났다. 순식간에 투아웃이 됐고, 3번 타자인 최익성이 타석에 들어섰다. 그리고 무기력하게 1회 초 공격이 끝날 거라 예상한 순간, 최익성의 몸 쪽 깊숙한 곳으로 직구가 파고들었다.

샤사삭.

제대로 제구가 되지 않은 직구는 홈플레이트 쪽으로 바싹 붙어 있던 최익성의 배 쪽 유니폼을 훑듯이 스치고 지나갔다. 심판은 사구를 선언했고, 최익성은 천천히 1루로 걸어나갔다. 2사 1루 상황에서 장태준을 대신해 4번 타자로 나선 백병우가 타석에 들어섰다.

후우.

오래간만에 1군 경기에 나서서 타석에 들어선 탓에 긴장한 걸까? 주먹으로 헬멧을 툭툭 친 백병우가 크게 한숨을 내쉰 후 타격 준비를 시작했다.

'폼이 달라졌어!'

그 모습을 지켜보고 있던 우진이 살짝 눈살을 찌푸렸다. 2군 훈련장에서 우연히 지켜봤던 백병우의 타격 자세와 지금 타석에 선 백병우의 타격 자세는 조금 달랐다. 마치 허리가 굽은 노인처럼 잔뜩 웅크리고 있는 백병우의 타격 자세를 살피고 있을 때, 우송 선더스의 선발투수인 고요한이 초구를 던졌다.

슈아악. 초구는 몸 쪽 꽉 찬 직구.

140㎞대 후반의 구속을 기록한 직구의 제구는 완벽했고, 백병우는 방망이를 내밀지 못하고 움찔하며 뒤로 물러났다.

"스트라이크!"

심판의 스트라이크 선언을 들은 백병우가 고개를 갸웃거리며 타석으로 들어섰다. 2구는 바깥쪽 꽉 찬 슬라이더가 들어왔다.

백병우라는 타자에 대한 정보가 없어서일까? 고요한은 제구에 잔뜩 신경을 기울인 채 전력투구를 했고, 바깥쪽 슬라이더에 반응한 백병우의 방망이는 반쯤 나가다가 멈추었다.

"스트라이크!"

심판이 다시 스트라이크 판정을 내리자, 백병우가 타석에서 물러나 크게 한숨을 내쉬었다.

노 볼 2스트라이크.

순식간에 볼카운트가 불리하게 몰리자, 백병우는 더욱 긴장한 채 타석으로 들어섰다. 그리고 고요한이 던진 3구는 바깥쪽 유인구였다. 낮게 떨어지는 커브가 포수의 미트로 향해 파고드는 순간, 마지막 순간까지 공을 노려보고 있던 백병우가 배트를 휘둘렀다.

따악. 매섭게 돌아간 배트 중심에 정확히 걸린 타구는 총알같이 뻗어나갔다. 1루수의 키를 훌쩍 넘긴 타구는 마지막 순간에 휘어져 나가며 파울 판정을 받았다.

1루를 향해 전력 질주를 했던 백병우가 아쉬운 기색을 감추지 못하고 타석으로 돌아왔지만, 우진은 그 모습을 지켜보는 대신 방금 전 백병우가 보여준 타격을 머릿속으로 리플레이시키고 있었다.

'빠르다!'

노 볼 투 스트라이크로 몰린 백병우의 배트가 바깥쪽 유인구에 따라 나갈 때만 해도, 무조건 삼진이라 생각했다. 백병우가 배트를 내미는 타이밍이 늦었다고 판단했기 때문이었다.

하지만 백병우가 뒤늦게 휘두른 배트는 고요한이 던진 공을 정확하게 맞추었다. 비록 파울이 되긴 했지만 타이밍의 문제가 아니었다. 고요한이 던진 바깥쪽 유인구의 제구가 워낙 완벽했던 터라 아무리 잘 친다고 해도 파울이 나올 수밖에 없었던 것이었다.

'손목의 힘이 좋아서 배트 스피드가 엄청나게 빨라. 잠재력은 분명히 엄청난데.'

방금 전의 타구로 인해 놀란 기색을 감추지 못하고 있던 고요한이 좀 더 신중하게 사인을 주고받는 것이 보였다. 그리고 와인드업을 마친 고요한이 선택한 공은 몸 쪽 직구였다.

스트라이크 존보다 공 두 개 정도 높은 직구.

더그아웃에서 지켜보는 우진의 눈으로도 확연히 볼이라는 것을 알 수 있을 정도로 높은 공이었지만, 볼카운트가 몰리며 여유가 사라진 백병우의 방망이가 따라 나갔다.

"스트라이크 아웃!"

백병우가 휘두른 배트는 공을 건드리지 못한 채 삼진으로 물러났다.

'문제는 선구안이로군!'

볼과 스트라이크를 구분할 수 있는 눈.

지금 백병우에게 부족한 것은 선구안이었다. 1군 첫 타석에서 삼진을 당한 후 스스로를 자책하며 더그아웃으로 걸어 들어오고 있는 백병우를 바라보던 우진이 고개를 돌리자, 2경기 출장 정지 징계를 받은 탓에 라인업에서 제외된 장태준이 히죽 웃고 있는 것이 보였다.

  우송 선더스와의 3연전 첫 경기의 선발투수는 홍영삼이었다.

  선발과 불펜을 오가며 경기에 나서고 있는 홍영삼의 시즌 성적은 5승 8패 7홀드였고 방어율은 4.78이었다.

  올해 35살의 노장 투수인 홍영삼은 구속은 빠르지 않았지만 제구력이 수준급인 투수였다.

  신중하게 로진백을 주무르고 있는 홍영삼을 살피던 우진이 그에 관한 데이터를 떠올렸다.

  홍영삼
  보직 : 좌완 선발투수 겸 불펜 투수
  구종 : 직구, 슬라이더, 커브
  평균 구속 : 직구 143km, 슬라이더 127km, 커브 125km
  신체 조건 : 신장 186cm, 체중 93kg
  수비 능력 : 상
  견제 능력 : 상
  잠재 능력 : 하

홍영삼이 선발투수로 확실하게 자리 잡지 못한 가장 큰 이유는 확실한 결정구를 장착하지 못했기 때문이었다. 그리고 힘으로 상대 타선을 찍어 누르며 삼진으로 돌려세우는 스타일이 아니라, 맞춰서 잡는 스타일이었다.

'한성 비글스 소속이 아니었다면 더 좋은 성적을 기록했을 선수지!'

한성 비글스는 수비가 좋은 팀이 아니었다. 야수들의 실책 수가 10개 구단 가운데 1위를 달리고 있을 정도로. 만약 야수들의 확실한 수비 뒷받침만 있었다면 방어율을 1점 가까이 끌어내릴 수 있었으리라.

'3점 이내로만 막아주면 승산이 있는데!'

우진이 팔짱을 끼고 지켜보는 사이, 홍영삼이 와인드업을 마치고 초구를 던졌다.

한가운데로 들어가는 직구. 낮게 제구되기는 했지만, 실투성으로 공이 가운데로 몰렸다. 그리고 우송 선더스의 선두 타자는 공격 성향이 강한 선수였다. 한가운데로 들어오는 초구를 놓치지 않고 배트를 매섭게 돌렸다.

따악. 정확한 타이밍에 밀어 친 타구는 유격수와 3루수 사이를 깨끗하게 갈랐다.

무사 1루. 타석에 들어선 우송 선더스의 2번 타자는 보내기 번트 자세를 취했다. 1회부터 번트를 댈 것이라고 예상치 못했던 우진이 홈팀 더그아웃에 앉아 있는 우송 선더스의 감독인 정웅인을 힐끗 살폈다.

다리를 꼰 채 감독석에 앉아 있는 정웅인은 애써 여유로운 척하고 있었지만, 한 번만 삐끗해도 아래로 추락하는 치열한 선두 다툼을 벌이고 있는 탓에 초조해하고 있었다. 갈증을 해소하기 위해 생수를 연거푸 입으로 가져가는 것과, 1회부터 보내기 번트를 시도하는 것이 정웅인이 초조해하고 있다는 증거였다.

딱. 데굴데굴.

작전 수행 능력이 뛰어난 우송 선더스의 2번 타자는 3루 쪽으로 안전하게 보내기 번트를 성공시켰고, 1사 2루 상황에서 최근 5경기에서 7할에 가까운 타율을 기록하고 있는 감이 가장 좋은 3번 타자 신수창이 타석에 들어섰다.

짧은 안타 하나면 선취점을 허용하게 되는 상황. 크게 숨을 들이쉰 홍영삼이 카운트를 유리하게 가져가기 위해서 커브를 초구로 던졌다.

슈욱. 마음먹은 대로 제구된 공이었지만, 신수창의 타격감이 너무 좋았다. 커브가 들어올 것을 예측하고 있었다는 듯이 신수창은 매섭게 방망이를 돌렸고, 쭉 뻗어나간 타구는 우익수의 키를 훌쩍 넘어가고 있었다.

장타!

우진이 최소 2루타라는 판단을 내린 순간, 곤잘레스를 대신해서 우익수 수비에 나선 송일국이 빠르게 공을 쫓아갔다. 그리고 펜스에 부딪히는 것을 두려워하지 않고 몸을 날렸다.

'부상?'

쿵. 펜스에 어깨를 부딪친 송일국이 바닥으로 쓰러지는 것을 확인한 우진의 가슴이 철렁 내려앉았다.

선취점을 내주는 것은 중요하지 않았다. 어제 막 2군에서 끌어올린 송일국의 부상 여부가 훨씬 더 중요했다.

그래서 애를 태우고 있을 때, 바닥에 쓰러졌던 송일국이 오뚝이처럼 벌떡 일어나며 2루를 향해 힘껏 공을 뿌렸다.

슈아악.

펜스 근처에서 던진 공이었지만 어깨가 좋은 송일국의 일직선 송구는 원 바운드로 정확히 2루수의 글러브로 들어갔다.

"공수 교대!"

송일국의 호수비 덕분에 미처 2루로 귀루하지 못한 선행 주자까지 잡아내며 1회 말 수비는 순식간에 끝났다. 유니폼에 묻은 흙을 툭툭 턴 송일국이 더그아웃으로 뛰어 들어오는 것이 보였다.

부상을 입지 않은 것처럼 보이는 송일국을 보며 안도의

한숨을 내쉰 우진의 눈에 송일국이 더그아웃 앞에 도착하
길 기다리고 있던 홍영삼이 먼저 손을 내밀며 하이파이브를
하는 모습이 보였다.

2회 말 수비를 위해서 마운드에 오른 홍영삼이 로진백을 주
무르며 외야 쪽으로 고개를 돌렸다. 1회 초 실점 위기는 2군
에서 올라온 송일국의 호수비 덕분에 무사히 넘길 수 있었다.
그 덕분에 약간 흔들리던 제구는 빠르게 안정세를 찾아가고
있었다.

2볼 2스트라이크. 아직 공 하나의 여유가 있는 볼카운트
였기 때문에 홍영삼은 유인구로 슬라이더를 택했다.

슈아악. 타자의 무릎 쪽으로 낮게 깔려 들어가다가 마지
막 순간 휘어지는 슬라이더의 제구는 완벽했다. 우송 선더
스의 4번 타자이자 외국인 타자인 니콜라스가 방망이를 휘
둘렀지만 예상대로 땅볼이었다.

하지만 문제는 타구의 방향이었다.

1루수와 2루수 사이로 빠져나가는 타구의 방향은 절묘했
다. 그래서 안타가 될 거라고 판단한 순간이었다.

쿵.

1루수인 백병우가 마지막까지 타구를 포기하지 않고 쫓아
가 90kg이 넘는 거구를 던졌다. 하지만 약간 미치지 못한 탓

에 글러브 끝에 맞고 튕긴 공이 바닥을 굴렀다.

악착같이 기어서 그 공을 다시 손에 잡기 위해 애쓰고 있는 백병우의 일그러진 얼굴을 보고 있던 홍영삼은 정신이 퍼뜩 들어서 재빨리 1루로 달리기 시작했다.

쿵쿵쿵쿵.

발이 느린 니콜라스가 전력 질주를 하며 발을 뗄 때마다 지축이 울리는 듯한 소리가 귓가로 파고들었다. 간신히 공을 낚아채는데 성공한 백병우는 일어서지도 않고 누운 자세 그대로 1루를 향해 공을 뿌렸다.

홍영삼이 글러브로 그 공을 받고 1루 베이스를 밟은 것과 전력 질주한 니콜라스가 1루 베이스를 밟은 것은 거의 동시였다. 잠시 멈칫하던 1루심이 주먹을 말아 쥐며 아웃을 선언하는 것을 확인한 홍영삼이 주먹을 불끈 움켜쥐었다.

"주자가 빨랐잖아요!"

우송 선더스의 1루 주루 코치가 1루심에게 강하게 어필하는 사이, 홍영삼은 일어나서 유니폼에 묻은 흙먼지를 털어내고 있는 백병우에게 다가갔다.

솔직히 이야기하면 홍영삼은 지금 멋진 수비를 보여준 백병우에 대해 아는 게 거의 없었다. 그저 2군 선수라는 것과 백병우라는 이름밖에 몰랐다. 하지만 지금 이 호수비에 대해 감사의 말을 전하지 않을 수 없었다.

"끝까지 포기하지 않아줘서 고맙다."

"당연한 거죠."

"당연하다고?"

백병우가 대수롭지 않게 대꾸한 말을 홍영삼이 되뇌었다. 프로야구 선수가 그라운드에 나서서 최선을 다해서 자신이 맡은 역할을 다하는 것은 기본 중의 기본이었다.

그런데 그 당연한 것이 어느 순간부터 한성 비글스 팀에서는 당연하지 않게 바뀌어 버렸다.

둔기로 뒤통수를 얻어맞은 것처럼 충격이 밀려들었다. 그리고 홍영삼이 정신을 차리기도 전에 백병우가 한마디를 덧붙였다.

"1루 베이스 커버가 늦었어요."

"그, 그래."

"좀 더 집중해 주세요."

홍영삼은 한성 비글스 팀의 최고참 축에 속하는 편이었다. 반면 백병우는 2군에서 갓 올라온 아직 어린 선수였다. 까마득한 선배인 자신에게 아직 어린 백병우가 충고를 했지만 기분이 나쁘지는 않았다. 오히려 홍영삼은 미안한 마음이 들었다.

방금 수비만이 아니었다. 마운드에서 공을 하나씩 뿌릴 때도 제대로 집중하지 못하고 있었다. 그리고 집중력이 흐트러진 이유는 절실함이 없었기 때문이었다. 1군 경기에 나서는 것이 당연하다고 여기고 있었기에, 경기에 나서는 것의 소중함을 잊고 있었다.

다시 마운드를 향해 걸어가고 있던 홍영삼이 자신의 곁으로 따라붙고 있는 백병우를 확인하고 의아한 시선을 던졌다.

"왜 따라와?"

"숨 좀 돌리세요."

"응?"

"방금 전력 질주 하시느라 숨이 차시잖아요."

"그래서 일부러 따라온 거야?"

"1루 수비는 걱정하지 마시고 바깥쪽 승부를 하셔도 돼요."

홍영삼이 고개를 끄덕이며 로진백을 집어 들었다. 이런 배려를 받아본 것이 얼마만인지 기억도 나지 않았다.

경기 내에서 발생하는 아주 세심한 부분까지 놓치지 않는 것은 경기에 오롯이 집중할 수 있기 때문에 가능했다. 그래서 홍영삼은 다시 한 번 백병우에게 감탄했다.

그리고 공 하나하나에 좀 더 집중해야겠다는 각오를 다지며 글러브 속에 들어가 있던 공을 움켜쥐었다.

7회 초.

최근 타격감이 절정인 3번 타자 신수창의 솔로 홈런 덕분에 1 : 0으로 리드하고 있었지만, 경기의 분위기는 살얼음판이나 마찬가지였다. 초조한 탓에 자꾸 목이 말랐다.

그래서 생수를 들이켠 정웅인이 인상을 찌푸렸다.

"어쩌다 경기가 이렇게 된 거야?"

경기가 시작되기 전만 해도, 객관적인 전력에서 앞서기 때문에 적어도 경기 중반쯤에는 3점 차 이상으로 앞설 것이라 예상했다. 하지만 막상 뚜껑이 열리고 나자, 경기는 예상과 다른 방향으로 흘러갔다.

한성 비글스 팀의 선발투수인 홍영삼은 올시즌 최고의 피칭을 선보이며 호투하고 있었고, 팀 실책 1위를 기록하고 있던 한성 비글스 팀의 야수들은 호수비를 연거푸 펼치고 있었다.

그리고 정웅인은 갑자기 한성 비글스 팀의 야수들의 수비 능력이 향상된 이유를 짐작할 수 있었다.

"저 두 녀석 때문이야."

백병우와 송일국.

노우진이 이번 경기에 포진시킨 변수들인 두 선수들의 타격은 데이터처럼 형편없었다. 현재까지 백병우와 송일국 모두 2타수 무안타에 삼진 두 개씩을 기록하고 있었다.

하지만 데이터에 제대로 반영되어 있지 않았던 수비 능력이 경기의 분위기를 바꿔놓고 있었다.

백병우와 송일국은 부상을 입는 것을 전혀 두려워하지 않고 몸을 날리며 호수비를 만들어냈고, 그들의 분전이 한성비글스 팀의 나머지 야수들의 집중력까지 끌어올려 놓은 셈이었다.

"신경 쓰이게 하는군."

정웅인이 두 눈을 가늘게 뜬 채 반대편 더그아웃을 살폈다. 경기가 시작된 후 지금까지 단 한 번도 움직이지 않고 감독석에 앉아만 있던 노우진이 자리에서 일어서서 선수들을 한곳으로 불러 모으는 것이 보였다.

"또 뭘 하려는 거지?"

순순히 물러나지 않겠다는 의지를 불태우고 있는 노우진을 지켜보고 있던 정웅인이 갈증을 느끼고 다시 생수를 들이켰다.

6회까지 상대 팀 선발투수인 고요한에게 농락 당하다시피 하며 산발 2안타와 2볼넷만을 기록하고 있던 한성 비글스 팀이었지만, 7회 초가 되자마자 마침내 기회가 찾아왔다.

7회 초 선두 타자로 나선 5번 타자 강우규가 볼카운트가 불리한 상황에서도 끈질기게 커트를 하다가 볼넷을 얻어냈다. 무사 1루가 된 순간, 우진은 오늘 경기의 승부처가 찾아왔음을 직감했다.

한성 비글스 팀의 신임 감독으로 부임한 후 치른 지난 세 번의 경기에서 우진은 3패를 당했다.

그리고 3연패를 당하는 동안, 단 한 번도 작전을 지시하지 않았다. 당장의 승리보다 팀의 문제점을 파악하는 것이 우선이라고 판단을 내렸기 때문이었다.

그렇지만 이제는 상황이 달라졌다. 최다 연패 신기록을 세우기 전에 연패를 끊어내는 것이 필요한 시점임을 깨달은 우진이 한성 비글스 팀의 감독이 된 후 첫 번째 작전을 지시했다.

"주자 교체!"

우선 장타력이 있지만 발이 느린 편인 강우규를 대주자 고창성으로 교체했다. 그리고 다음 타석에 들어설 송일국을 불렀다.

"페이크 번트다."

"번트가 아니라 페이크 번트입니까?"

"그래. 실패해도 상관없어. 욕을 먹어도 내가 먹고 책임을 져도 내가 책임질 테니까 넌 초구부터 적극적으로 휘둘러."

"하지만……."

"설령 실패한다고 해도 다시 2군으로 내려보내지 않을 테니까 걱정하지 마."

긴장한 기색이 역력한 송일국에게 단단히 일러둔 우진이
감독석으로 돌아와 팔짱을 꼈다.

우송 선더스의 선발투수인 고요한이 호투하고 있는 상황
인 데다가 0 : 1로 한 점 뒤지고 있는 상황.

누가 봐도 동점을 만들기 위해서 보내기 번트를 시도해야
할 타이밍이었다. 하지만 우진은 허를 찌르기로 결심했다.

지금 동점을 만든다고 해도 어차피 중간 계투진이 우송
선더스에 비해서 상대적으로 허약한 한성 비글스 팀이 불리
할 수밖에 없었다. 이번 찬스를 무조건 살려서 최소한 역전
을 만들어내야 했다.

그래서 우진이 고심 끝에 선택한 작전은 페이크 번트, 흔
히 버스터라고도 불리는 이 작전은 번트를 대는 척하다가
방망이를 고쳐 잡고 공격으로 전환하는 것이었다.

예상대로 우송 선더스 팀은 보내기 번트 작전을 대비해
극단적인 수비 시프트를 펼쳤다. 1루수와 3루수가 번트 수
비를 위해 극단적으로 전진했을 때, 고요한이 공을 뿌렸다.

번트 타구를 3루로 보내기 어렵게 만들기 위해서 바깥쪽
직구가 들어온 순간, 번트 자세를 취하고 있던 송일국이 재
빨리 타격 자세로 바꾸며 방망이를 힘껏 휘둘렀다.

딱. 송일국이 밀어친 타구는 크게 바운드를 일으키며 번

트 수비를 위해 극단적으로 전진한 1루수의 키를 훌쩍 넘겼다.

그리 빠르지 않은 타구가 외야 쪽으로 굴러갔고, 페이크 번트에 성공한 송일국은 1루에서 멈추지 않고 과감하게 2루를 향해 내달렸다.

설마 이 짧은 타구에 타자가 2루까지 달릴 것이라 예상치 못했던 터라 당황한 우익수는 공을 한 번 더듬었다가 다시 주워 2루로 뿌렸다.

펑. 쐐애액.

2루 베이스 커버를 들어온 유격수의 글러브에 공이 도착한 것과 헤드 퍼스트 슬라이딩을 한 송일국이 2루 베이스에 도착한 것은 거의 동시였다.

하지만 태그가 조금 늦었다. 심판의 양손이 가로로 벌어지는 것을 확인한 우진이 주먹을 불끈 움켜쥐었다.

무사 2, 3루. 한성 비글스 팀을 맡은 후 우진이 처음으로 펼친 페이크 번트 작전은 멋들어지게 성공했고, 뒤지고 있는 경기를 뒤집을 수 있는 찬스는 계속 이어졌다. 짧은 안타 하나만 나와도 주자 두 명을 모두 불러들여서 2점을 얻을 수 있는 상황.

하지만 우진은 욕심을 버렸다.

'우선 한 점을 얻자!'

가장 쉽게 한 점을 얻을 수 있는 방법은 깊숙한 외야 플라이를 날리는 것이었다. 그렇지만 현재 한성 비글스 팀의 7번 타자를 맡고 있는 전선형은 장타력이 형편없었다. 전선형이 깊숙한 외야 플라이를 쳐주길 기대하는 것은 무리가 있었다.

 '만루 작전을 펼칠까?'

 우진이 못마땅한 표정으로 코끝을 매만지고 있는 정웅인을 바라보았다. 1점 차의 살얼음판 승부인 만큼, 이번 수비에서 한 점도 주지 않기 위해서 전선형을 볼넷으로 거르고 만루 작전을 펼칠 가능성도 충분했다.

 하지만 우진은 만루 작전은 없을 거라고 확신했다.

 '위험부담이 너무 커. 1점은 내줄 생각이야!'

 아직 7회 초였다. 대량 실점으로 이어질 위험이 큰 만루 작전을 펼치기에는 위험부담이 너무 클 터였다. 게다가 정웅인도 우송 선더스 팀의 계투진이 한성 비글스보다 낮다는 것을 잘 알고 있을 터. 환갑을 훌쩍 넘긴 노련한 승부사인 정웅인은 결코 서두르지 않을 것이었다.

 "스트라이크!"

 우진의 예상은 들어맞았다. 고요한은 7번 타자인 전선형을 맞아 몸 쪽 꽉 찬 직구를 초구로 던져 스트라이크를 잡으며 볼카운트를 유리하게 끌어나갔다.

'수비 시프트도 없어!'

우송 선더스 팀은 전선형이 그라운드 볼을 쳤을 때를 대비해 3루 주자가 홈으로 들어오는 것을 막기 위한 전진 수비를 펼치고 있지 않았다. 그것을 확인한 우진이 긴장을 풀기 위해 크게 숨을 내쉴 때, 전선형이 방망이를 휘둘렀다.

딱. 슬라이더를 받아친 전선형의 타구는 잘 맞은 것은 아니었다. 하지만 오히려 그게 다행이었다. 2루수가 전진하며 공을 잡았을 때는, 홈으로 던지기에는 이미 늦은 상태였다.

1 : 1

마침내 동점이 되자, 소란스럽던 경기장이 조용하게 변했다. 꼴찌 팀인 한성 비글스를 맞아 압승을 거둘 것이라고 예상했던 우송 선더스의 팬들이었지만, 경기가 팽팽하게 이어지자 당황한 기색이 역력했다.

그리고 아직 끝이 아니었다. 1사 3루 상황. 동점에서 끝나지 않고 역전이 될 가능성도 충분했다.

야구는 분위기의 경기. 홈 경기장을 꽉 메우고 있는 우송 선더스의 팬들도 경기의 분위기가 한성 비글스 팀으로 넘어오고 있다는 사실을 직감적으로 깨달은 것이었다.

그렇게 경기의 분위기가 한성 비글스에게 넘어오려는 순간, 노련한 승부사답게 정웅인이 더그아웃을 박차고 나와 마운드로 걸어 나왔다. 그리고 호투하고 있던 고요한을 과감하게 교체하고 필승 계투조를 투입하는 결정을 내렸다.

'원 포인트 릴리프!'

고요한에게서 마운드를 넘겨받은 것은 좌완 불펜 투수인 장영식이었다. 장영식으로 투수 교체를 한 것을 확인한 우진이 혀를 내밀어 바싹 마른 입술을 훑었다.

한성 비글스 팀의 8번 타자인 양영동은 좌타자. 올 시즌 타율은 2할 4푼대를 기록하고 있었다. 타율도 높은 편이 아니었지만 더 큰 문제는 좌완 투수를 상대로 한 성적이었다. 양영동은 좌투수를 상대로 1할 8푼대의 형편없는 타율을 기록하고 있었다.

타이밍상 대타 카드를 꺼내는 게 옳았지만, 아쉽게도 현재 한성 비글스 팀에는 마땅한 대타 카드가 없었다.

그 사실을 정웅인도 미리 간파하고 있었기에 이런 선택을 내렸으리라.

우진이 자리에서 일어섰다. 무조건 승부수를 띄우기로 작심한 상황. 좌타자 상대 타율이 2할에도 미치지 못하는 양영동을 믿고 맡길 수는 없었다.

그래서 우진은 다시 작전을 펼치기로 결심했다.

"스퀴즈다!"

"스퀴즈요?"

"초구에 무조건 번트를 대. 원 바운드 공이 들어와도 맞춰. 네가 번트를 못 대면 주자도 죽는다!"

스퀴즈는 노출되면 그걸로 끝이었다. 그 사실을 잘 알고 있는 양영동이 비장한 표정으로 고개를 끄덕였다. 그리고 타석으로 걸어가고 있는 양영동을 지켜보던 우진이 다시 감독석으로 돌아왔다.

할 수 있는 것은 다한 상황.

이제는 선수들을 믿고 지켜볼 수밖에 없었다. 그 순간, 장영식이 초구를 던졌다.

낙차 큰 커브. 스트라이크 존으로 들어오던 커브가 홈플레이트 앞에서 뚝 떨어졌다.

다다다닷. 3루 주자인 송일국이 홈으로 쇄도했고, 번트 자세를 취하고 있던 양영동은 공을 끝까지 보고 있다가 배트를 갖다 댔다.

퉁. 데구르르.

우송 선더스의 수비진은 스퀴즈에 대해 전혀 대비를 하지 않은 상태였다. 감독석에 앉아 있던 정웅인이 깜짝 놀라서 벌떡 일어난 것이 허를 제대로 찔렀다는 증거였다. 하지만 문제는 양영동이 댄 번트 타구의 속도와 방향이었다.

제대로 숨을 죽이지 못한 탓에 타구의 속도가 너무 빨랐다. 그리고 방향도 좋지 않았다.

스퀴즈 작전을 예상하지 못한 1루수와 3루수는 정상 수비를 펼치고 있었기 때문에 1루나 3루 쪽으로 타구가 향했다면 충분히 세이프가 될 수 있는 상황이었다.

하지만 타구의 방향은 하필이면 화들짝 놀라며 홈으로 쇄도하고 있던 투수 정면으로 향했다.

글러브로 공을 낚아챈 장영식이 손으로 공을 빼내지 않고 그대로 포수에게 토스했다. 헤드 퍼스트 슬라이딩을 한 송일국의 오른손이 베이스에 닿는 순간, 포수의 태그도 동시에 이루어졌다.

"세이프!"

벌떡 일어난 우진이 자신도 모르는 사이 소리쳤다. 하지만 판정을 내리지 않고 잠시 머뭇거리던 주심의 손은 옆으로 벌어지지 않고 아웃을 선언했다.

"제 손이 빨랐어요."

"태그가 빨랐어."

송일국이 펄쩍 뛰면서 항의했지만, 주심은 단호하게 고개를 흔들었다. 그 모습을 지켜보던 우진도 재빨리 달려 나갔다.

"태그가 늦었습니다."

"내가 정확히 봤어. 간발의 차이로 태그가 빨랐어."

"타이밍상 아웃이 될 수가 없어요."

"가까이서 본 내가 정확히 봤다니까."

우송 선더스의 홈 관중들이 내지르는 함성으로 인해서 주심의 목소리는 제대로 들리지도 않았다. 다만 고집스러운 표정을 통해서 이번 판정이 바뀌지 않을 것이라는 사실을 알 수 있을 뿐이었다.

"오심이에요."

"항의는 그쯤하고 들어가. 어차피 판정은 바뀌지 않아."

"하지만……."

심판을 노려보던 우진이 연달아 헤드 퍼스트 슬라이딩을 하느라 유니폼이 엉망으로 변한 송일국을 바라보았다. 억울하다는 표정을 짓고 있는 송일국을 살핀 우진이 한숨을 내쉬었다.

더 항의하고 싶었지만 심판의 권위는 압도적이었다. 판정을 바꿀 생각이 전혀 없는 주심의 의지를 확인한 순간, 우진은 물러설 수밖에 없었다.

"들어가자!"

"하지만 분명히 세이프였습니다."

"알아. 넌 최선을 다했어."

아쉬운 마음이 너무 큰 탓에 두 눈에 눈물이 그렁그렁 맺힌 송일국을 보고 있자니 마음이 찡했다.

그래서 어깨를 다독이며 우진이 더그아웃으로 돌아오자,

어디론가 사라졌던 투수 코치가 슬그머니 다가왔다.

"세이프였습니다."

이번 경기는 스포츠 채널로 중계되고 있었고, 중계 화면은 슬로우 화면으로 이번 상황을 보여주고 있었다. 더그아웃에는 휴대전화 반입이 금지되어 있었지만, 투수 코치는 더그아웃 밖으로 슬쩍 빠져나가서, 구단 직원의 스마트폰 슬로우 화면으로 포수의 태그보다 송일국의 손이 홈베이스에 닿는 것이 빨랐다는 것을 확인하고 온 것이었다.

명백한 오심.

그러나 이미 경기는 속개되고 있었고, 이 화면을 증거로 들이대 봐야 아무런 소용도 없었다. 그 사실을 잘 알고 있는 우진이 한숨을 내쉬며 입술을 피가 날 정도로 꽉 깨물었다.

분명히 경기의 분위기는 한성 비글스 쪽으로 넘어오고 있었다.

그리고 이번 스퀴즈 작전이 성공해서 역전을 시켰다면 확실히 한성 비글스의 분위기가 될 수 있었다.

그러나 이번 오심으로 인해서 경기의 분위기가 다시 바뀌어 버렸다.

"잡을 수 있는 경기였는데."

3루 주자를 잡아낸 덕분에 한층 안정을 되찾은 장영식이 던진 공이 홈플레이트를 파고들었다. 그리고 그 순간, 1루 주자인 양영동이 2루로 내달리기 시작했다.

우진의 지시도 없이 감행된 단독 도루. 포수의 송구는 정확했고, 발이 빠른 편이 아닌 양영동은 슬라이딩까지 했지만 미리 공을 받아들고 기다리고 있던 2루수에게 태그를 당해 아웃됐다.

어이없는 공수 교대.

시뻘겋게 상기된 얼굴로 더그아웃으로 걸어 들어오고 있는 양영동을 지켜보던 우진이 다시 한숨을 내쉬었다.

의욕만 넘친 실책에 가까운 한심한 단독 도루였다. 그러나 양영동을 탓할 생각도 들지 않았다. 양영동이 왜 저런 한심한 플레이를 했는지 이해가 갔기 때문이었다.

자신이 제대로 번트를 대지 못한 탓에 스퀴즈 작전에 실패했다고 판단하고 실수를 만회하기 위해서 무모한 2루 도루를 감행한 것이었다.

어떻게든 득점권인 2루로 진루해서 찬스를 이어나가고 싶어 한 마음이었으리라.

양영동을 바라보던 우진이 고개를 돌려 선발투수인 홍영삼을 찾았다.

오늘 쾌조의 컨디션을 선보이며 막강 우송 선더스 타선을 1실점으로 막고 있는 홍영삼은 아직 지친 기색이 아니었다.

"한 회만 더 버텨줘."

아직 경기를 포기하기는 일렀다. 그래서 우진이 마운드로
올라가는 홍영삼을 간절한 눈빛으로 바라보았다.

Chapter 3

1 : 1

7회 말이 끝난 순간, 정웅인이 새삼스러운 시선으로 마운드를 걸어 내려가는 홍영삼을 바라보았다.

선발과 불펜을 오가는 한물 간 노장 투수.

이번 경기가 시작되기 전까지 정웅인은 홍영삼이라는 투수를 그렇게 평가했다. 하지만 오늘 경기에서 홍영삼은 이번 시즌 들어 최고의 피칭을 선보였다. 아니, 그의 야구 인생 커리어를 모두 통틀어도 세 손가락 안에 들어가는 최고의 피칭이었다.

그리고 그가 오늘 이렇게 좋은 피칭을 한 이유는 단지 공의 구위가 좋아서만은 아니었다. 수비의 뒷받침이 있었기 때문이었다.

방금 전만 해도 타자가 친 공은 유격수와 3루수 사이로 빠져나가는 깊숙한 타구였다. 당연히 내야 안타가 될 것이라 판단했는데, 유격수는 끝까지 포기하지 않고 역모션으로 공을 잡아내는데 성공하고 1루로 던졌다.

송구는 짧았고 원 바운드로 들어간 송구는 1루수가 잡기 까다로웠지만, 장태준을 대신해서 1루수로 나선 백병우는 너무 쉽게 송구를 잡아냈다.

"저 두 선수 때문이야!"

경기의 분위기를 바꿔놓은 것은 2군에서 올라온 백병우와 송일국이었다. 그리고 백병우와 송일국을 2군에서 올리자마자 경기에 투입해서 팀 실책 1위인 한성 비글스 팀의 분위기를 바꿔놓은 것은 결국 노우진이었다.

"야구에 대해서는 아무것도 모르는 초짜 감독인 줄 알았는데."

7회까지 경기가 끝난 지금, 노우진에 대한 정웅인의 평가는 바뀌어 있었다. 어디서부터 손을 대야 할지 모를 정도로 총체적인 난국이었던 한성 비글스라는 팀을 두 명의 2군 선수를 끌어올려서 바꾸어 놓았다.

만약 주심의 결정적인 오심이 아니었다면, 오늘 경기가 어려웠을 수도 있다는 생각이 들 정도였다.

"게다가 침착해!"

조금 전 오심은 경기의 분위기는 물론이고 승패의 향방을 바꿔놓을 수 있는 결정적인 판정이었다. 연패에 빠진 팀의 초짜 감독이라면 흥분하는 것이 정상이었다.

하지만 우진은 흥분해서 경기를 망치지도 않았고, 아직 경기를 포기하지도 않았다. 박수를 치면서 선수들을 독려하고 있는 우진의 모습이 정웅인의 마음에 불안이라는 씨앗을 심고 있었다.

"장태준이 징계가 풀려서 돌아온다면 한 경기 정도는 내줄지도 모르겠군."

정웅인이 다시 생수를 들이켰다. 한 경기를 내준다고 해도 오늘 경기는 아니었다. 그러나 경기는 정웅인의 뜻대로 흘러가지 않았다.

우송 선더스 쪽으로 넘어왔다고 판단했던 경기의 분위기는 8회 초에 또다시 요동치기 시작했다.

양영동이 도루사한 탓에 한성 비글스의 8회 초 공격은 9번 타자부터 시작됐다. 우송 선더스 팀은 장영식에 이어서 정웅락을 8회부터 마운드에 올렸다.

현재 리그에서 홀드 부문 2위를 기록하고 있는 철벽 불펜 투수인 정응락은 불같은 강속구를 앞세워 순식간에 투아웃을 잡아냈다. 그대로 간단하게 끝날 것 같았던 8회 초 공격에 변수가 생긴 것은 장기형의 타석에서였다.

　1볼 2스트라이크 상황에서 정응락은 결정구로 포크볼을 던졌다. 볼카운트가 불리하게 몰린 장기형은 포크볼에 속아서 헛스윙을 했다. 하지만 원 바운드로 들어온 공은 포수의 가슴을 맞고 옆으로 튕겨 나갔다.

　스트라이크 낫아웃 상황.

　장기형은 바로 1루로 달렸고, 간발의 차로 세이프가 선언됐다. 그 모습을 지켜보고 있던 우진이 깍지를 꼈다. 아직 경기의 운이 다하지 않았다는 생각이 들었다.

　그리고 그 생각은 정확히 들어맞았다. 3번 타자인 최익성은 정응락이 던진 초구를 받아쳐 우익수 앞에 떨어지는 깨끗한 안타를 만들어냈다. 2사 1, 3루 상황에서 한성 비글스 팀의 4번 타자인 백병우의 타석이 돌아왔다.

　오늘 경기에서 3타수 무안타, 게다가 3연타석 삼진을 당한 백병우의 두 눈에는 독기가 깃들어 있었다. 마침 시선이 부딪힌 순간, 우진이 기회를 놓치지 않고 백병우를 불렀다.

　"교체입니까?"

　백병우가 조심스럽게 던진 질문을 들은 우진이 고개를 흔들었다.

"아직 교체는 아냐."

"그럼 왜 부르셨습니까?"

"경고를 해주려고."

"경고요?"

"삼진은 당해도 상관없어. 하지만 니 스윙을 해. 만약 이번에도 멍청히 서 있다가 그냥 물러나거나 어설픈 스윙을 하면 진짜 2군으로 내려보내 버릴 거야."

교체가 아니라는 소식을 전해 들은 백병우가 주먹으로 헬멧을 두드리며 각오를 다진 후 타석으로 들어섰다. 그리고 타격 준비를 하고 있는 백병우를 바라보던 우진이 두 눈을 빛냈다.

'타격 폼이 다시 바뀌었어!'

이전 세 타석에서 노인처럼 잔뜩 등을 굽히고 타석에 서 있던 백병우의 등이 조금 펴졌다. 긴장한 탓에 여전히 잔뜩 힘이 들어가 있긴 했지만, 아까보다는 분명히 나아져 있었다.

삼진으로 맥없이 물러나지 않겠다는 단단한 각오를 내보이고 있는 백병우를 확인한 우진이 깍지를 낀 손에 힘을 더했다.

한성 비글스 팀의 문제점 중 하나는 불안한 뒷문이었다.

상위권 팀들과 비교한다면 중간 계투진은 허약했고, 마무리 투수는 뒷문을 든든히 걸어 잠그지 못했다.

'1점으로 충분할까?'

설령 백병우가 이번 타석에 안타를 친다고 하더라도, 1점을 얻는 것에 불과했다. 그리고 두 이닝을 남겨둔 상황에서 1점 차의 리드는 한성 비글스 팀의 허약한 뒷문을 감안한다면 불안한 점수였다. 기왕이면 두 점 차로 벌려놓는 편이 나았다.

2사 1, 3루 상황.

1루 주자인 최익성은 발이 느린 편이 아니었다. 그리고 호시탐탐 기회를 엿보고 있는 3루 주자가 홈스틸을 할 가능성이 충분한 만큼, 포수가 2루 도루를 저지하기 위해서 자신 있게 공을 뿌리기 어려운 상황이었다.

성공 확률이 9할 이상인 도루!

그래서 우진이 과감하게 최익성에게 도루를 지시했다. 그리고 그때, 정웅락이 초구를 뿌렸다.

슈아악. 정웅락이 선택한 초구는 커브. 카운트를 잡기 위해서 바깥쪽 꽉 찬 커브를 던졌다는 것을 확인한 우진이 속으로 쾌재를 불렀다.

빠른 직구가 아닌 느린 커브를 선택한 덕분에 조금 전 작전 지시대로 스타트를 끊은 최익성이 2루에서 살아날 확률은 더욱 높아졌다. 2루수가 스타트를 끊은 최익성을 확인하고 당황한 기색으로 2루 베이스 쪽으로 달리기 시작했지만, 타이밍이 너무 늦었다.

"도루는 성공… 뭐야?"

멋들어지게 작전이 성공했다는 생각에 혼잣말을 꺼내던 우진이 도중에 입을 다물었다. 커브가 홈플레이트를 막 통과하는 순간, 잔뜩 웅크리고 있던 백병우가 매섭게 방망이를 돌렸다.

따악. 1루 주자의 2루 도루를 돕기 위해서 헛스윙을 한 것이라 판단했는데, 그게 아니었다. 백병우가 휘두른 배트는 타이밍을 맞춰서 커브를 제대로 받아쳤다.

전혀 예기치 못한 상황에 우진의 머릿속이 뒤죽박죽이 된 순간, 백병우가 받아친 타구는 투수의 곁을 빠르게 스치고 지나가고 있었다.

2루 베이스 위로 통과하는 중전 안타성 타구.

평소라면 무조건 안타가 돼서 3루 주자를 홈으로 불러들였을 터였다. 하지만 지금은 특수한 상황이었다. 우진의 지시로 최익성이 2루 도루를 감행한 탓에, 마침 2루수가 2루 베이스 쪽으로 달려오고 있었다.

원래라면 중전 안타가 됐어야 할 잘 맞은 타구는 이미 2루 베이스 근처에 도착해 있던 2루수의 글러브 속으로 쏙 빨려 들어갔다. 그리고 1루로 송구해 간단히 아웃으로 처리했다.

사인 미스가 만들어 낸 최악의 결과.

아까운 찬스를 날려 버린 아쉬움으로 인해서 맥이 풀렸다. 자신이 범한 엄청난 실수를 뒤늦게 깨닫고 망연자실한 표정을 짓고 있는 백병우를 바라보고 있던 우진이 고개를 아래로 떨구었다.

이대로 경기를 포기하기에는 아쉬웠다. 그래서 우진은 8회 말부터 팀의 마무리 투수인 김선민을 올리는 강수를 뒀다. 물론 경기를 뒤집겠다는 욕심만으로 선택한 강수는 아니었다.

한성 비글스가 9연패를 당하는 동안 마무리 투수인 김선민이 활약할 기회는 없었다. 개점휴업 상태로 더그아웃에서 대기만 했던 터라 김선민은 열흘이 넘도록 마운드에 오르지 못했다. 컨디션 조절 차원에서라도 등판이 필요했다.

8회 말, 김선민은 볼넷 하나를 허용하긴 했지만 우송 선더스의 하위 타선을 깔끔하게 막아냈다. 하지만 9회 말까지 버텨내지는 못했다.

연속 안타를 얻어맞고 1사 1. 3루가 된 상황에서 김선민은 우송 선더스의 3번 타자인 신수창을 넘지 못했다. 신수창은 펜스 앞까지 날아가는 끝내기 플라이를 날렸고, 한성 비글스는 우송 선더스와의 3연전 가운데 1차전을 1 : 2로 패했다.

끝내기 플라이를 친 신수창이 선수들에게 둘러싸여 물세례를 받으며 환호하는 것을 감독석에 앉은 우진이 씁쓸하게 지켜보았다. 충분히 잡을 수 있는 경기를 놓쳤다는 아쉬운 마음에 쉽사리 자리를 뜰 수가 없었다.

한참 만에야 자리에서 일어난 우진이 한숨을 내쉬었다. 선수 시절에야 경기에서 패하면 아쉬운 마음을 혼자 추스르고 다음 경기를 대비하면 됐지만, 감독은 선수들의 마음도 함께 추슬러 줘야 했다. 그리고 그전에도 할 일이 많았다.

아쉬운 패배로 인해 쓰라린 마음을 달래기도 전에 물어뜯을 준비를 한 채 기다리고 있는 기자들을 상대해야 했다. 우진이 내키지 않는 걸음을 옮겨 안으로 들어서자마자 잔뜩 몰려든 기자들이 질문을 던지기 시작했다.

"오늘 경기의 패인이 무엇이라고 생각하십니까?"

"외국인 선수 세 명을 모두 한꺼번에 2군으로 내리셨습니다. 국내 프로야구계에서는 없었던 사상 초유의 사건인데 왜 이런 결단을 하신 겁니까? 그리고 그 결단이 오늘 경기의 패배에 영향을 미쳤다고 생각하십니까?"

"백병우 선수가 오늘 경기에서 무척 부진했는데 계속 기용하실 생각입니까?"

"장태준 선수의 부재가 크게 느껴졌는데, 징계가 풀리면 다시 4번 타자로 기용하실 겁니까?"

"최다 연패 기록 경신이 코앞으로 닥쳤는데 앞으로 최다 연패가 어디까지 이어질 거라고 예상하십니까?"

기자들은 말 그대로 질문 세례를 쏟아냈고, 어느 질문부터 먼저 대답해야 할지 결정하지 못한 우진이 슬쩍 미간을 찌푸렸다.

가만히 듣고 있다 보니 기분이 나빴다. 오늘 경기까지 패해서 한성 비글스의 연패 숫자는 10으로 늘어나 있었다.

그리고 한성 비글스 팀의 최다 연패 기록은 11연패. 하지만 방금 기자들이 던진 질문들 가운데 마지막 질문은 한성 비글스 팀이 우송 선더스와의 3연전에서 모두 패해서 최다 연패 기록을 경신하는 것을 당연하다고 가정한 상태에서 던져낸 질문이었다.

그래서 우진이 질문을 던진 기자를 노려보며 힘주어 말했다.

"아직 10연패입니다. 내일 경기를 잡는다면 최다 연패 기록과 타이가 되는 것을 막을 수 있죠."

그렇지만 기자도 쉽게 물러나지 않았다.

"내일 경기를 잡을 수 있습니까? 우송 선더스는 오늘 경기에서 승리한 덕분에 선두 대승 원더스를 반 경기 차로 추격

한 강팀인데. 게다가 현재 한성 비글스 팀은 전력 누수가 심하지 않습니까?"

"전력 누수는 없습니다. 내일이면 장태준 선수와 김전우 선수가 징계에서 풀려서 돌아오니까요."

"외국인 선수들은요? 중심 타선을 맡고 있던 곤잘레스와 당장 내일 선발로 예정되어 있던 외국인 투수인 니퍼트가 2군으로 내려갔지 않습니까?"

"제가 판단하기에 우리 팀의 외국인 선수들은 기대 이하의 활약을 펼쳤습니다. 그래서 2군으로 내렸고, 대신 2군에서 가능성을 보인 유망주들을 1군으로 올렸습니다. 1군으로 승격된 유망주들이 외국인 선수들을 뛰어넘는 활약을 해줄 거라고 믿고 있습니다."

우진이 애써 담담한 목소리로 대답했지만, 기자들의 반응은 싸늘했다. 그리고 코웃음을 치고 있던 기자 한 명이 다시 질문했다.

"감독님께서 말씀하신 유망주이자 장태준 선수를 대신해서 4번 타자로 나선 백병우 선수는 오늘 4타수 무안타에 삼진만 3개를 당했습니다. 차라리 솔직히 인정하시죠. 장고 끝에 악수를 두었다고."

마치 따지듯이 질문을 던지고 있는 기자를 살피던 우진이 두 눈을 가늘게 떴다. 기자의 얼굴이 낮이 익었다. 매일 스포츠 신문의 박동희 기자였다.

그리고 박동희 기자를 노려보던 우진이 인상을 험악하게 굳혔다.

"선수 기용은 감독의 고유 권한입니다."

경기에서 패한 것에 대한 책임을 감독에게 묻는 것은 참을 수 있었다.

하지만 기자 주제에 선수들에게까지 책임을 돌리는 것은 물론이고, 선수 기용에 관해서까지 간섭하며 팀을 흔들려는 것은 도저히 참을 수 없었다.

"백병우 선수는 이제 겨우 한 경기, 그것도 고작 네 타석에 섰을 뿐입니다. 아직 백병우 선수의 능력에 대해 운운하는 것은 시기상조입니다."

"그 말씀은 내일도 장태준 선수를 대신해서 백병우 선수를 4번 타순에 기용하겠다는 말씀입니까?"

"다시 한 번 분명히 말씀드리죠. 선수 기용은 감독 고유의 권한이고, 저는 내일도 백병우 선수에게 기회를 줄 겁니다. 그리고 장태준 선수의 활용법까지 기자님에게 알려드릴 필요는 없을 것 같군요."

우진이 불쾌한 기색을 감추지 않고 드러내자, 분위기가 심상치 않음을 느낀 기자들도 눈치를 살피기 시작했다. 잠시 침묵이 이어진 끝에, 기자 중 한 명이 손을 들고 마지막 질문을 던졌다.

"오늘 경기의 패인에 대해서 한 말씀해 주시죠."

우진이 바로 대답하지 않고 고민에 잠겼다. 강팀인 우송 선더스를 상대로 분전을 펼쳤지만 결국 오늘 경기에서 패배한 요인이 대체 뭘까?

'심판의 결정적인 오심? 어이없는 작전 미스? 허약한 계투진? 불안한 마무리 투수? 찬스에서 외야 플라이를 쳐줄 수 있는 타자들의 침묵?'

이 모든 것들이 패배의 원인들이었다. 잠시 멈칫거렸던 우진이 기자의 질문에 대한 답을 꺼내놓았다.

"굳이 찾고자 하면 경기에 패하는 원인들은 수없이 많습니다. 하지만 그 원인들을 줄줄 늘어놓는 것은 아무 의미가 없다고 생각합니다. 제가 생각하는 오늘 경기의 진짜 패인은… 우리 팀이 아직 하나의 좋은 팀이 되지 못했기 때문입니다."

*   *   *

정진철이 앞에 놓여 있는 술잔을 물끄러미 바라보았다. 처음에 반주로 시작했다가 본격적인 술자리로 이어진 지 한참, 술을 꽤 마신 상태였지만 이상하리만치 취기는 전혀 올라오지 않았다.

'윤 감독이 잘리다니!'

한성 비글스 팀의 2군 감독을 맡고 있었던 윤경중 감독은 수석 코치인 자신과 함께 오랫동안 한성 비글스 팀을 위해 헌신해 왔었다.

그래서 성적 부진을 이유로 한성 비글스의 감독이 해임됐을 때, 신임 감독 후보로 내심 자신과 윤경중을 생각했을 정도였다.

그런데 윤경중은 예고도 없이 해고됐고, 이지승이 한성 비글스 팀의 2군 감독으로 새로 부임했다.

'나도 언제 잘릴지 몰라!'

노우진을 야구에 대해서 전혀 모르는 초짜 감독이라 판단했다. 그리고 그 판단은 아직도 바뀌지 않고 유효했다. 하지만 오히려 그런 면이 정진철을 더 불안하게 만들었다.

선무당이 사람을 잡는다는 옛말도 있지 않은가?

2군 감독인 윤경중에게 일방적인 해고 통보를 한 것은 시작에 불과했다. 팀의 핵심 전력이라고 할 수 있는 외국인 선수 세 명을 아무런 이유도 없이 동시에 2군으로 내려보낸 것은 포털 사이트의 프로야구 게시판을 마비시켜 버릴 정도로 엄청난 사건이었다.

"어디로 튈지 모르는 럭비공 같은 놈이야!"

정진철이 술잔을 꽉 움켜쥐며 혼잣말을 중얼거렸다. 노우진은 이미 1군 코치진들도 개편하겠다고 선언한 후였다.

예전이었다면 신경 쓰지 않았겠지만, 지금은 상황이 달라졌다. 언제든지 해임될 수 있다는 두려움이 앞섰다.

"코치님!"

"……."

"코치님!"

"어? 나 불렀어?"

"코치님, 무슨 생각을 그렇게 하세요?"

"별거 아냐."

살짝 혀가 꼬부라진 장태준을 힐끗 살핀 정진철이 술잔을 비웠다. 그리고 장태준을 향해 빈 술잔을 내밀었다.

"한 잔 받아."

"네!"

술잔이 채워지자마자 장태준이 단숨에 비웠다. 그리고 불쾌하게 상기된 얼굴로 신이 나서 떠들어대기 시작했다.

"코치님, 오늘 보셨죠? 내가 경기에 나갔으면 찬스에서 홈런을 하나 날려서 이겼을 텐데."

"그러게 말이다."

"백병우? 나 대신 4번 타석에 들어선 그 어린 놈 봤죠? 어이없는 공에 방망이가 따라 나가서 삼진을 당하는 한심한 꼬락서니라니."

장태준이 혀를 끌끌 차는 것을 지켜보던 정진철이 속으로
쓰게 웃었다. 선구안이 부족한 것은 장태준도 마찬가지였다.
한 경기에서 4연타석 삼진이라는 기록도 세운 적이 있는 것
이 증거였다.

그뿐인가? 유인구에 배트가 따라 나가서 병살타를 기록한
것도 부지기수였다. 하지만 속내를 고스란히 드러낼 수는
없었다. 그래서 정진철이 적당히 맞장구를 쳐주었다.

"암, 한성 비글스 팀의 4번 타자는 태준이 너뿐이지. 세상
이 다 아는 사실을 멍청한 신임 감독만 모른다니까."

"그렇죠?"

"아니, 너 없이 오늘 경기를 해봤으니까 신임 감독도 이제
알았을 거야. 네가 얼마나 팀에 필요한 존재인지를."

정진철이 한껏 추켜세워 주자, 단순하기 그지없는 장태준
은 금세 기고만장해졌다.

"내일 경기에서 진짜 4번 타자의 위용을 보여주죠."

낄낄거리며 웃고 있는 장태준의 술잔을 채우며, 정진철이
아까부터 조용한 유현식을 힐끗 살폈다. 골몰히 생각에 잠
긴 유현식의 앞으로 술병을 들이밀며 정진철이 조심스럽게
물었다.

"왜 그래? 무슨 고민이라도 있어?"

"그냥 좀 불안해서요."

"뭐가?"

"노 감독, 눈빛이 마음에 안 들어요. 뭐랄까? 단순히 협박하는 게 아니라 전부 실천으로 옮길 것 같아요. 이번에도 보세요. 팀의 핵심이라고 할 수 있는 외국인 선수들을 부상도 없는데 모두 2군으로 내려보내 버렸잖아요."

"그건⋯⋯."

"저를 중간 계투 요원으로 돌려 버린다고 했던 노 감독의 말, 기억하시죠? 진짜 그렇게 하면 어쩌죠?"

유현식은 평소 성격이 소심한 편이었다. 그리고 장태준에 비해서는 똑똑한 편이었다. 태평한 장태준과 달리 본능적으로 위기감을 느낀 것이 그 증거였다.

"그렇게는 못 할 거야. 니가 우리 팀의 에이스니까."

"하지만⋯⋯."

"내가 책임지고 막아줄 거야."

정진철이 힘주어 강조했지만, 유현식의 표정은 그다지 밝아지지 않았다. 갈증이 치밀어 맥주를 한 모금 마신 정진철이 은근한 목소리로 말했다.

"태준아. 그리고 현식아. 내가 너희들 좋아하는 거 알지?"

"그럼요."

"네!"

"벌써 우리가 함께 한 시간이 7년 가까이 흘렀다. 그동안 참 좋았는데 요새 천지 분간 못 하는 얼간이가 갑자기 끼어든 바람에 조금 상황이 곤란해지긴 했지. 그래도 너무 걱정하지 마. 아무리 어려운 일이 있더라도 우린 마지막 순간까지 함께 가는 거야."

"코치님과 우린 그 뭐냐? 운명 공동체, 맞나?"

"운명 공동체. 맞다. 그 말, 마음에 꼭 든다."

"자, 한 잔 합시다. 그리고 현식이 넌 왜 그렇게 죽을상이야? 수석 코치님과 주장이자 4번 타자, 그리고 팀의 에이스가 함께하는데 겁날 게 뭐가 있어? 뭐해? 얼른 잔 들지 않고?"

장태준이 목청을 높였다. 그리고 건배를 하며 맥주를 마시던 정진철이 두 눈을 감았다.

'어쩌다 이렇게 됐지?'

한성 비글스의 감독이 될 거라 확신했는데, 지금은 언제 해고당할지 몰라서 절절매고 있는 처량한 신세로 바뀌어 있었다. 그래서 속이 상했지만 어쩔 수 없었다.

'옛말에 소나기는 일단 피하란 말도 있잖아!'

지금은 일단 소나기를 피해야 할 때였다. 그리고 소나기를 피하기 위해서 자신이 기댈 곳은 오랫동안 함께 한 선수들뿐이었다.

맥주를 단숨에 비운 정진철이 입술을 꽉 깨물었다.

'두고 보라고. 이대로 순순히 물러나진 않을 테니까.'

우진이 올라타자, 검정색 세단은 숙소인 로얄프린스 호텔로 움직이기 시작했다. 아직 경기의 여운이 가시지 않은 탓에 우진이 창밖으로 시선을 던진 채 아쉬운 마음을 달래고 있을 때였다.

"오늘 경기, 재밌었어요."

"또 졌다고 놀리는 거예요?"

"놀리는 거 아니거든요."

"그럼요?"

"말 그대로예요. 내가 요 근래 봤던 한성 비글스 팀의 경기 중에서 제일 재미있는 경기였어요."

강지영이 혹시 놀리는 것이 아닐까 의심했지만, 무척 진지한 표정을 보고 그게 아니라는 사실을 깨달았다.

"그래도 졌어요."

"알고 있어요. 하지만 재밌게 졌죠."

"재밌게 졌다?"

강지영이 던진 말이 생소하게 느껴졌다. 전혀 어울리지 않는 두 단어가 합쳐지자 위화감이 느껴졌달까? 그래서 빤히 바라보고 있자, 강지영이 환하게 웃으며 아이패드를 내밀었다.

"기사 확인해 봐요."

강지영이 내민 아이패드를 받아든 우진이 눈살을 찌푸렸
다.

한성 비글스의 끝없는 추락. 함량 미달 선수들의 기용을 고집
하는 신임 감독의 한계? 아니면 독단?

기사 제목부터 자극적이었다. 우진이 눈살을 찌푸린 채
기사 내용은 읽지도 않고 스크롤을 내려서 기사를 작성한
기자의 이름부터 확인했다. 그리고 예상대로 기사 말미에는
박동희 기자라는 이름이 적혀 있었다.

"별로 읽고 싶지 않네요."

"기사는 읽어볼 필요 없어요. 분석도 형편없고 맞춤법도
엉망이니까."

"그럼 왜 나한테 이걸 건넨 거예요?"

"기사 밑의 댓글을 보세요."

"댓글?"

아직 작성한 지 얼마 지나지 않은 기사였다. 게다가 연패
를 거듭하며 인기가 추락한 한성 비글스 팀의 기사였기에
기사에 달린 댓글들은 많지 않았다.

총 서른 개가량.

강지영이 시킨 대로 우진이 댓글들을 쭉 훑어보았다.

—한성 비글스. 올해 안에 한 번 이기기는 함?

—아직도 한성 비글스 기사가 올라오네.

—한성 비글스가 이기는 게 빠를까? 내가 군대가는 게 빠를까? 참고로 나 한 달 뒤에 군대감.

—백병우 삼진쇼쇼쇼!

—프로야구 맞냐? 사회인 야구팀이랑 붙어도 깨지겠다. 연습 경기 관심 있음 연락하삼. 내가 주선하겠음.

예상대로 서른 개의 댓글들 가운데 대부분은 한성 비글스 팀의 경기에 실망하고 조롱하는 댓글들이었다, 딱 두 개의 댓글들만이 내용이 조금 달랐다.

—무식한 것들. 야구 볼 줄 알기나 하니? 한성 비글스 파이팅. 그리고 노우진 감독 너무 멋지삼.

—비록 지긴 했지만 무기력하게 패한 이전의 경기들과 분명히 달랐음. 내일 경기 기대함!

그 두 개의 댓글을 확인한 우진이 고개를 들어 강지영을 바라보았다. 그 시선을 받은 강지영이 움찔했다.

"왜 그렇게 봐요?"

"혹시……."

"혹시 뭐요?"

"맞죠?"

우진이 끈질기게 추궁하자, 강지영이 더 버티지 못하고 멋쩍게 웃으며 솔직히 시인했다.

"맞아요. 내가 썼어요."

"역시!"

"그런데… 둘 중 하나만 썼어요."

혀를 쏙 내밀고 있는 강지영이 쓴 댓글이 둘 중 무엇인가는 금세 알 수 있었다. 둘 중 먼저 작성된 댓글에 그녀의 거침없는 성격이 고스란히 드러났기 때문이었다.

"내가 그렇게 멋져요?"

우진이 장난스럽게 묻자, 강지영이 피식 웃으며 대답했다.

"착각하지 마세요. 그냥 쓸 말이 떨어져서 적은 거니까."

"그래요?"

"그보다 댓글을 보면 알겠지만 한성 비글스 팬들이 내일 경기를 잔뜩 기대하고 있는데 내일은 과연 이기려나?"

"팬들이 아니라 팬이죠."

"어쨌든요."

재빨리 화제를 돌리는 강지영의 이야기를 듣던 우진이 쓰게 웃었다.

내일 경기는 무조건 잡을 거라고 말하고 싶었지만, 한성 비글스 팀의 현재 사정을 떠올리면 그럴 수 없었다. 그래서 우진이 입을 다물고 있자, 눈치 빠른 강지영이 덧붙였다.

"못 이겨도 좋아요."

"……?"

"지더라도 오늘처럼 재밌게 져요. 한성 비글스를 좋아하는 사람들은 그걸로도 충분히 만족할 테니까."

강지영의 위로가 패배로 인해 차갑게 얼어붙었던 마음을 따뜻하게 만들었다. 하지만 우진은 고개를 절레절레 흔들며 속으로 대답했다.

'경기에서 재밌게 지는 건 아무 의미가 없어요. 프로는 무조건 이겨야 하니까요.'

*   *   *

원정 팀 숙소인 로얄프린스 호텔 복도를 걷던 우진이 307호 앞에서 걸음을 멈추었다.

부웅. 부웅.

누군가 방망이를 휘두르는 소리가 들렸기 때문이었다. 잠기지 않은 문을 확인한 우진이 살짝 문을 열고 안을 살폈다. 그런 우진의 두 눈에 들어온 것은 텅 빈 숙소에서 혼자서 방망이를 휘두르고 있는 백병우의 모습이었다.

얼마나 방망이를 휘두른 걸까?

마치 실전처럼 자세를 잡은 채 아무것도 없는 텅 빈 허공에 방망이를 휘두르고 있는 백병우의 유니폼은 땀으로 흠뻑 젖어 있었고, 이마에도 쉴 새 없이 굵은 땀방울이 맺혔다가 흘러내리기를 반복하고 있었다.

우진이 기척을 내지 않도록 조심하며 후끈한 열기가 전해지는 307호 안으로 들어가서, 백병우가 타격 훈련을 하는 모습을 가만히 지켜보았다.

내일 경기를 위한 휴식까지 반납한 채 백병우가 훈련에 매진하고 있는 이유가 짐작이 갔다. 오늘 경기에서의 부진을 조금이라도 만회하고 싶기 때문이리라.

자신이 숙소로 들어온 사실조차도 알아채지 못한 채, 스윙 연습을 하고 있는 백병우를 지켜보던 우진이 조용히 방을 빠져나왔다.

그리고 호텔을 빠져나온 우진이 향한 곳은 편의점이었다.

편의점에서 캔맥주를 산 우진이 다시 307호로 돌아갔다. 여전히 스윙 연습을 하고 있을 거라 여겼던 백병우는 휴대전화를 든 채 누군가와 통화를 하고 있었다.

"응, 편해. 1군이라 호텔에서 잔다니까. 오늘 경기 봤어? 못 봤어? 서운하냐고? 아냐, 잘했어. 잘하지도 못했는데 뭘. 컨디션? 컨디션은 좋아. 그냥 이상하게 타이밍이 안 맞네. 잘되겠지. 참, 유빈이는? 벌써 잔다고? 목소리 듣고 싶었는데. 아니, 깨우지 마. 분유는? 그렇게 많이 먹었어? 유빈이 먹을 분유값 벌려면 더 열심히 해야겠네. 나도 나지만 당신 혼자 애 보느라 고생이 많다. 당신도 피곤할 텐데 자. 내일? 아직 모르겠어. 너무 신경 쓰지 말고 얼른 자."

아내와 통화를 마친 백병우가 휴대전화를 침대 위에 던지며 길게 한숨을 내쉬었다. 그리고 잠시 뒤, 다시 침대 밑에 걸쳐놓았던 방망이를 들어 올리는 것을 확인한 우진이 입을 뗐다.

"목 안 말라?"

"감독님!"

"스윙은 그쯤 하고 얼른 창문 좀 열어."

"네?"

"땀 냄새가 지독해서 그러니까 창문 열고 환기 좀 시키라고. 그리고 여기 와서 앉아. 맥주나 같이 한잔하자."

시키는 대로 방망이를 내려놓고 창문을 열어젖힌 백병우가 간이 탁자 앞으로 다가와 앉았다. 우진이 내민 캔맥주를 조심스럽게 받아드는 백병우의 표정에는 긴장한 기색이 역력했다.

마치 법정에 선 죄인처럼 잔뜩 주눅이 든 채 눈치만 살피고 있는 백병우를 살피던 우진이 먼저 캔맥주를 한 모금 마셨다.

그리고 무슨 말로 말문을 열까를 고민하고 있는 사이, 백병우가 먼저 입을 열었다.

"편하게 말씀하셔도 됩니다."

"뭘?"

"내일 경기부터 엔트리에서 제외한다는 통보를 해주시러 오신 거잖아요. 저도 제가 부족한 것 알고 있습니다. 삼진은 연속으로 세 개나 당했고, 마지막 타석에서는 작전 지시를 제대로 확인하지 못한 탓에 오늘 경기 패배의 원흉이나 다름없었으니까요. 게다가 장태준 선배도 돌아오니 다시 2군으로 내려갈 준비 하겠습니다."

"백병우!"

"네, 감독님!"

"오늘 경기에서 왜 삼진을 세 개나 당한 것 같아?"

"그건… 실력이 모자라서라고 생각합니다."

잠시 망설이던 백병우가 자신 없는 목소리로 대답했다. 그 대답을 듣자마자 우진이 힘차게 고개를 흔들었다.

"실력은 충분해."

"하지만……."

"그리고 재능도 충분해. 그러니까 네 자신에게 좀 더 확신을 가져도 좋아."

맥주 한 모금을 다시 마시고 목을 축인 우진이 백병우와 시선을 마주한 채 질문을 던졌다.

"날 어떻게 생각해?"

"감독님요?"

"너무 어려워하지 말고 말해봐. 야구 감독, 한성 비글스 팀의 감독으로서 날 어떻게 생각하냐고?"

멍석을 깔아줬음에도 불구하고 선뜻 대답하지 못하고 망설이는 백병우를 지켜보며 우진이 쓰게 웃었다.

보통 다른 선수들이었다면 비록 마음에 없는 말이라고 해도 좋은 감독님이라고 입에 발린 말을 꺼냈으리라.

하지만 백병우는 선뜻 그리 대답하지 못하고 망설이고만 있었다.

'매사에 지나칠 정도로 진지한 성격이 단점이로군. 하지만 가장 큰 장점이기도 하지!'

요즘 세상은 자기 어필의 시대였다. 자신의 장점을 최대한 드러내서 부각시키고, 단점을 감추는 사람이 성공하는 법이었다.

하지만 백병우에게는 그게 부족했다. 그래서 부족한 것을 메꿔가기 위해 묵묵히 굵은 땀방울을 흘렸지만, 노력한 만큼의 보상을 받지 못한 것이었다.

"그럼 질문을 바꾸지. 내가 한성 비글스 팀의 감독으로서 얼마나 버틸 수 있을 것 같나?"

"저는 잘 모르겠습니다."

"이것도 대답하기 어려운가 보군. 내가 생각하기에 계속 연패를 거듭한다고 해도 이번 시즌까지는 버틸 수 있을 거야."

"그렇군요."

"그리고 내가 감독으로 버티고 있는 한, 한성 비글스 팀의 4번 타자는 계속 네가 맡는다."

"네. 네?"

별생각 없이 대꾸하던 백병우가 두 눈을 부릅뜬 채 바라보았다. 그리고 떨리는 목소리로 물었다.

"방금 그 말, 진심이십니까?"

"그래."

"왜 저를……?"

"이유는 간단해. 네 가능성을 믿으니까. 그러니까 언제 다시 2군으로 내려갈지도 모른다는 걱정 따윈 붙들어 매고 네가 하고 싶은 대로 마음껏 휘둘러."

우진이 다시 한 번 강조했지만, 백병우는 여전히 믿기지 않는다는 표정을 짓고 있었다. 그리고 잠시 뒤, 소의 눈처럼 크고 선량한 백병우의 두 눈에 눈물이 맺히기 시작했다.

"감사합니다, 감독님!"

"고마울 것 없어. 오히려 내가 부탁하고 싶은 심정이니까."

"……?"

"내가 감독 자리에서 오래 버틸 수 있도록 네가 좀 도와 줘."

우진에게는 다 큰 사내가 질질 짜는 것을 앞에서 지켜보는 취미 따위는 없었다. 그래서 서둘러 일어선 우진이 백병우의 앞에 놓인 개봉도 하지 않은 캔맥주를 다시 가져왔다.

"술은 입에도 안 대지?"

"네."

"그럴 줄 알았다. 그럼 이 맥주들을 다 어쩐다?"

편의점에서 사온 캔맥주들을 바라보며 고민하던 우진이 307호에서 빠져나와 다른 방으로 걸음을 옮겼다. 이 캔맥주를 함께 마셔 줄 사람이 떠올랐기 때문이었다.

302호 앞에 도착하자, 낄낄거리는 웃음소리가 살짝 열린 문 틈을 통해서 흘러나왔다. 노크하지 않고 문을 열고 들어가자, 침대 위에 드러누운 채 TV 속 예능 프로그램을 보며 넘어갈 듯 웃고 있는 윤경만의 모습이 보였다.

'보물이야. 그리고 자신감도 넘쳐. 구속이 조금만 더 올라오고, 결정구로 쓸 변화구 하나만 확실하게 익히면 1군에서도 통할 거야.'

칭찬에 인색한 이지승이 했던 윤경만에 대한 평가를 떠올리며 우진이 혀를 내둘렀다. 늘 2군을 전전하다가 처음 1군으로 올라온 것만으로도 긴장하는 선수들이 부지기수였다.

게다가 윤경만은 우송 선더스와의 3연전 중 2번째 경기인 내일 경기의 선발투수로 예고되어 있었다.

"진짜 배짱 하나는 두둑한 놈이군!"

우진이 옛 기억을 떠올리며 희미하게 웃었다. 프로 입단 후 첫 번째 선발 등판이 결정되고 나서, 우진은 경기 전날 거의 뜬눈으로 밤을 지샜다. 물도 제대로 삼키지 못했을 정도로 긴장됐기 때문이었다.

그렇지만 윤경만은 달랐다. 침대에 드러누운 채 개그 프로그램을 보면서 낄낄대고 있는 것이 전혀 긴장하지 않고 있다는 증거였다.

"맥주를 사올 필요도 없었군!"

우진이 편의점에서 캔맥주를 사온 이유는 긴장한 윤경만이 잠을 드는데 조금이나마 도움이 될 거라는 판단을 했기 때문이었다.

그러나 지금 윤경만을 보아하니 굳이 술의 힘을 빌리지 않더라도 두 발 뻗고 잠들 수 있을 것 같았다.

"지금 웃음이 나와?"

"어, 감독님!"

우진이 방 안으로 들어선 것을 뒤늦게 알아챈 윤경만이 침대에서 벌떡 몸을 일으켰다. 간이 탁자 위에 캔맥주가 든 비닐봉지를 내려놓으며 우진이 입을 뗐다.

"재밌냐?"

"재밌는데요."

"지금 TV가 눈에 들어와?"

"저 눈 좋은데요. 2.0이에요."

아이처럼 해맑게 웃으며 농담을 던지는 윤경만을 살피던 우진이 결국 실소를 터뜨렸다.

"넌 술 마시지?"

"술이야 없어서 못 마시죠."

"그럴 줄 알았다."

우진이 비닐봉지 안에서 캔맥주를 꺼내 앞으로 내밀자, 윤경만은 기다렸다는 듯이 냉큼 받아들었다. 그리고 허락도 하기 전에 캔뚜껑을 딴 후, 벌컥벌컥 들이켰다.

그 모습을 어이없다는 표정으로 바라보던 우진이 물었다.

"내일 경기, 자신 있어?"

"물론이죠. 완봉으로 끝낼 테니까 감독님은 마음 푹 놓고 계세요."

"넌 대체 뭘 믿고 그렇게 자신만만한 거지?"

"절 믿습니다."

"자신을 믿는다?"

"제가 원래 실전에 강한 편이거든요. 헤헤."

너스레를 떨고 있던 윤경만이 갑자기 정색한 채 입을 뗐다.

"감독님!"

"왜?"

"만약에… 이건 진짜 만약인데 제가 초반에 난타를 당하면 어쩌실 거예요?"

"아깐 완봉으로 끝낸다더니?"

"그러니까 만약이라고 했잖아요. 실은 제가 슬로 스타터 체질이라서 초반이 조금 약하거든요."

"대체 뭐가 궁금한 건데?"

"다시… 2군으로 내려보내실 건가요?"

윤경만이 조심스럽게 꺼낸 말을 듣던 우진이 맥주를 한 모금 들이켰다. 지금 윤경만이 걱정하는 것이 무엇인지 이해가 갔다.

2군 생활은 지난한 과정이었다. 1군 생활에 비하면 여건도 훨씬 좋지 않았고; 연봉도 박할 뿐더러, 팬들의 앞에서 자신의 야구를 보여줄 수 없었다.

그뿐인가? 언제 다시 1군으로 올라올 수 있을지 모르는 막연한 기다림의 연속이었다.

"2군 경기는 재미가 없거든요."

"왜 재미가 없어?"

"관중이 없으니까."

갈증이 치민 듯, 다시 맥주를 벌컥벌컥 들이켜고 내려놓는 윤경만을 응시하며 우진이 입을 열었다.

"만약에 네가 초반에 무너지면 내일 경기는 포기한다."

"정말요?"

"그리고 한 경기 못 던졌다고 2군으로 내려 보내진 않을 거야. 그러니까 강판은 걱정하지 말고 맘껏 던져."

"옛 썰!"

원하던 확답을 얻어낸 윤경만의 표정이 밝아졌다. 그런 그에게 우진이 당부했다.

"한 경기가 9회가 아니라 6회까지만 있다고 생각하고 던져."

"하지만……."

"나머지는… 동료들에게 맡겨도 돼."

쓸데없는 부담을 지우고 싶지 않았다. 그래서 윤경만에게 당부한 우진이 방을 나가기 전 덧붙였다.

"조금은 긴장해. 기회는 자주 찾아오지 않는 법이야."

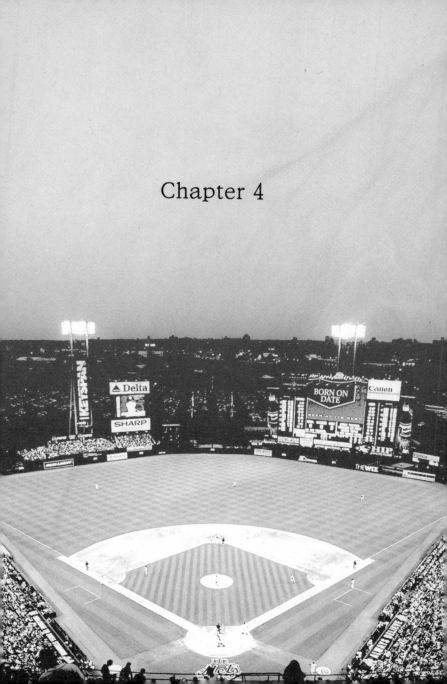

Chapter 4

 현재 리그 2위를 달리고 있는 우송 선더스가 한성 비글스에게 승리한 것과 달리, 대승 원더스는 어제 경기에서 하위권 팀인 심원 패롯스에게 불의의 일격을 당했다.

 어제 경기 결과로 인해서 선두 다툼을 벌이고 있는 대승 원더스와 우송 선더스의 격차는 반 게임으로 줄어들었다.

 이번 기회에 한성 비글스와의 3연전을 싹 쓸어 담아 리그 선두로 치고 나가길 기대하는 우송 선더스의 팬들은 일찌감치 경기장으로 몰려들었고, 1루 측 관중석을 금세 가득 채웠다.

"자, 오늘 경기 잡고 선두 탈환하는 거야!"

"대승 원더스 제치면 내가 소주 쏜다!"

"보약 먹고 치고 나가자. 우송 선더스 파이팅!"

아직 경기가 시작되기도 전이었지만, 선두 탈환에 대한 기대감으로 흥분한 팬들은 일찌감치 괴성을 내지르며 응원했다. 그리고 그들 틈에 섞여 있던 강균성이 인상을 찌푸렸다.

"왜 하필 1루 측 관중석을 예매한 거야?"

"사장님이 시키셨잖아요."

"내가? 내가 언제?"

"내가 경기장에 찾아왔다는 걸 들켜서 부담주고 싶지 않다. 그러니까 눈에 띄지 않는 곳으로 예매해라. 저한테 이렇게 말씀하셨잖아요."

"그런 말을 하긴 했지. 그런데 그게 홈팀 응원석인 1루 측 관중석을 예매한 거랑 무슨 상관인데?"

"사장님!"

"왜?"

"머리는 장식품으로 달고 다니시는 거예요?"

"뭐?"

"생각이란 걸 좀 해보세요. 원정 팀 응원석도 아니고, 홈팀 응원석에 한성 비글스 구단주가 떡 하니 앉아 있을 거라고 감히 누가 생각하겠어요? 그러니까 절대로 들킬 염려가 없죠."

"됐다. 더 말을 말자!"

당당하게 대꾸하는 강지영을 바라보던 강균성이 고개를 흔들며 그라운드로 시선을 던졌다.

노우진에게 한성 비글스 팀을 맡기고 나서 이제 겨우 네 경기를 치른 상황이었다.

비록 야구와는 거리가 먼 삶을 살아왔던 강균성이었지만, 한 팀이 리빌딩을 거치며 새로운 좋은 팀으로 태어나는 것이 얼마나 지난한 작업인가는 대충 짐작하고 있었다.

그래서 앞으로도 많은 시간이 필요하다는 것을 잘 알고 있었지만, 구단주 입장에서 자꾸 욕심이 생기는 것은 어쩔 수 없었다. 그래서 기대에 찬 시선으로 감독석에 앉은 노우진을 바라보고 있을 때였다.

"어제 경기 재밌었지?"

"야, 심장이 다 쫄깃해지더라. 지는 줄 알았어."

"내 말이. 보약인 줄 알았는데 혹시 고춧가루 뿌리는 거 아냐?"

"설마 그러기야 하겠어? 한성 비글스인데."

"설마가 아냐. 선수들 눈빛이 달라졌다니까. 완전 살벌해."

"걱정하지 마. 난 믿어."

"우리 팀을?"

"아니, 한성 비글스를."

옆에 앉은 중학생들이 나누는 대화 소리가 강균성의 귓속으로 파고들었다. 한성 비글스 구단주 입장에서는 속에 천불이 치솟는 대화 내용이었지만, 상대는 겨우 중학생이었다.

명색이 한성 비글스의 구단주인데 중학생들과 싸울 수는 없는 노릇. 그래서 화를 억지로 꾹꾹 눌러 참고 있던 강균성이 물었다.

"오늘도 지겠지?"

"이길 거예요."

그 질문을 듣자마자 강지영은 확신에 찬 목소리로 대답했다. 의아한 시선을 던지던 강균성이 재차 물었다.

"왜 그렇게 생각해?"

"약속했으니까요."

"누가?"

"우진 씨요. 기억 안 나요? 우진 씨가 인터뷰에서 절대로 최다 연패 기록을 경신하지는 않겠다고 했잖아요."

노우진이 그런 인터뷰를 했던 기억이 났다. 그렇지만 그건 기자들의 질문을 받고 의례적으로 했던 말에 불과했다. 그래서 쓰게 웃고 있을 때, 강지영이 한 점의 의심도 없는 시선을 던지며 덧붙였다.

"두고 봐요. 자기가 한 말은 지키는 사람이니까."

*　　　*　　　*

한성 비글스의 선발 라인업을 살피던 정웅인이 의아한 표정을 지었다.

"어제랑 그대로잖아!"

장태준과 김전우가 징계에서 풀린 상황. 선발투수진에 속해 있는 김전우는 로테이션상 나설 차례가 아니었지만, 장태준은 달랐다.

당연히 징계에서 풀린 장태준이 4번 타순을 꿰차고 경기에 나설 거라 예상했는데, 아예 선발 라인업에서 제외되어 있었다.

"대체 무슨 꿍꿍이지?"

우송 선더스 입장에서 나쁠 건 없었다. 비록 공갈포란 별명이 붙은 장태준이지만, 한성 비글스 부동의 4번 타자답게 한 방은 갖추고 있었다. 그래서 투수에게 부담스러운 존재인 장태준이 경기에 나서지 않는다는 것은 분명히 호재였다.

하지만 정웅인은 마음 놓고 웃을 수 없었다.

변수라고 할 수 있는 2군 선수 두 명을 올리는 승부수를 던져서, 압도적인 열세라고 예상되던 경기를 팽팽하게 이끌었던 노우진이었다.

그런데 오늘은 변수가 하나 더 늘어 있었다.

한성 비글스 팀의 선발투수 윤경만!

"저 변수는 경기의 분위기에 어떤 영향을 미칠까?"

정웅인이 마운드에 올라가서 연습 투구를 하고 있는 윤경만의 모습을 유심히 살폈다. 1군 경험조차 없는 윤경만의 투구 폼은 꽤 안정된 편이었다. 하지만 경험이 턱없이 부족하다는 것은 분명히 약점으로 작용할 터였다.

"초반에 무너뜨리기만 하면 오늘 경기는 쉽게 풀릴 수도 있겠군!"

원정 팀 더그아웃 감독석에 다소곳이 앉아 있는 노우진을 노려보던 정웅인이 수석 코치를 불렀다.

슈아악. 1군 무대에 처음으로 데뷔한 윤경만이 마운드에서 역사적인 초구를 씩씩하게 뿌렸다.

"스트라이크!"

심판의 손이 힘껏 올라가는 것을 바라보던 우진이 전광판으로 시선을 던졌다. 전광판에 기록되어 있는 윤경만의 직구 구속은 135㎞였다. 그 구속을 확인한 우진의 표정이 살짝 굳어졌다.

'최고 구속보다 10㎞ 정도 구속이 떨어졌어!'

윤경만이 힘을 조절하는 것은 아니었다. 평소보다 구속이 떨어진 이유는 몸에 잔뜩 힘이 들어갔기 때문이었다.

"긴장했어!"

생애 첫 1군 무대 선발은 엄청난 부담감으로 다가왔으리라. 아무리 배짱이 두둑한 윤경만이라고 해도 긴장하지 않을 수 없을 것이었다. 무표정한 얼굴 뒤로 감추려 하고 있었지만, 다리가 후들거리는 것이 보일 정도였다.

타앙! 그때, 우송 선더스의 1번 타자가 윤경만의 2구를 제대로 받아쳤다. 3루수의 키를 훌쩍 넘긴 타구가 총알같이 뻗어나갔다.

'제발 벗어나라!'

살짝 휘어지고 있는 타구가 라인을 벗어나 파울이 되길 속으로 기도했지만, 우진의 바람은 빗나갔다. 심판은 페어를 선언했고 1번 타자는 여유있게 2루까지 서서 들어갔다.

후우.

1군 데뷔 후 첫 안타로 2루타를 허용한 윤경만이 크게 숨을 들이켰다. 그리고 기죽지 않고 다시 씩씩하게 공을 뿌렸다.

딱! 2번 타자는 기다리지 않고 초구부터 과감하게 공략했다. 잘 맞은 타구는 3루 베이스 위로 스치고 지나갔다. 3루수가 몸을 날리며 글러브를 쭉 뻗었지만, 타구는 글러브에 닿지 않고 그대로 빠져나갔다.

"파울!"

다행히 파울로 선언됐지만 우진은 안도의 한숨을 내쉴 수 없었다. 고개를 갸웃거린 윤경만의 낯빛이 창백하게 변한 것이 보였기 때문이었다. 로진백을 한참이나 만지던 윤경만이 2루로 견제구를 던졌다.

2루 주자의 리드폭이 얕았기에 아무 의미도 없는 견제구. 2루수에게서 공을 건네받은 윤경만은 다시 로진백을 한참 만지기 시작했다.

"타임!"

경기를 중단시킨 심판에게 어서 경기를 속개하라는 명령을 받고서야 윤경만이 와인드업을 했다.

퍽! 몸 쪽으로 바싹 붙인 공은 타자의 허벅지를 강타했다. 사구로 인해 주자는 금세 두 명으로 불어났다.

"와아! 초반에 강판시켜 버려!"

"1회에 열 점만 뽑자!"

1루 측을 가득 메운 관중들의 함성과 응원 소리가 높아졌다. 아예 백지장처럼 낯빛이 하얗게 질린 윤경만을 걱정스러운 시선으로 바라보고 있을 때, 투수 코치가 다가왔다.

"어떡할까요? 불펜 투수 준비시킬까요?"

"아직 기다리세요."

"하지만……."

"조금만 더 두고봅시다."

우진이 각지를 낀 채 윤경만을 살폈다. 3번 타자인 신수창은 타격감이 절정이었고, 어제 경기에서도 우송 선더스가 올린 2타점을 홀로 기록했었다.

말 그대로 산 넘어 산이 따로 없었다.

윤경만도 어제 경기를 더그아웃에서 모두 지켜본 상황. 신수창과의 맞상대는 아무래도 부담스러울 터였다.

그래서일까? 글러브 속에 넣어둔 공을 쉽게 빼내지 못하고 망설이던 윤경만이 와인드업을 했다.

"볼!"

초구는 스트라이크 존에서 공 두 개 정도 벗어난 바깥쪽 직구, 2구는 몸 쪽 높은 직구가 들어왔지만 선구안이 좋은 신수창은 미동도 하지 않고 공을 끝까지 지켜보았다.

2볼 노 스트라이크. 볼카운트는 순식간에 불리하게 몰렸고, 스트라이크를 집어넣는 것이 필요한 상황이었다.

하지만 윤경만이 던진 3구는 스트라이크 존을 통과하지 못하고 한참 바깥쪽으로 빠져나갔다.

"겁먹었어!"

윤경만을 살피던 우진이 한숨을 내쉬었다. 어제 윤경만은 슬로우 스타터라고 밑밥을 깔아놓았지만, 우진이 보기에 윤경만의 구위는 나쁘지 않았다. 지금 상황은 구위가 아니라,

마인드의 문제였다.

"1번 타자와의 승부가 안 좋게 작용했어."

윤경만의 가장 큰 장점은 완벽에 가까운 투구 폼과 자신감이었다.

하지만 프로 무대에 올라와서 상대한 첫 타자는 윤경만의 공을 배트 중심에 제대로 갖다 맞추었다. 그게 윤경만의 자신감을 무너뜨리는 계기가 됐고, 그 후로 타자에게 얻어맞는 것이 두려워서 자꾸 스트라이크 존과 거리가 먼 공을 던지고 있는 것이었다.

그 사이, 윤경만이 던진 공은 원 바운드로 들어왔다. 신수창이 포볼로 걸어나가며 순식간에 무사 만루 상황으로 바뀌었다.

더 지켜볼 수만은 없는 상황.

우진이 감독석에서 일어나 마운드로 천천히 걸어나갔다. 자신의 얼굴을 바라보지 못하고 고개를 푹 숙이고 있던 윤경만은 글러브에 감추고 있던 공을 꺼내 건넸다. 하지만 우진은 그 공을 받아들지 않았다.

"불펜에서 대기하는 투수는 없다."

"……"

"내가 어제 말했잖아. 네가 초반에 무너지면 오늘 경기 포기한다고."

"감독님!"

놀란 표정을 감추지 못하고 있는 윤경만의 어깨에 손을 얹었다. 잔뜩 힘이 들어가 있는 어깨를 가볍게 두드리며 우진이 말을 이어나갔다.

"아까 2루타를 맞은 건 어쩔 수 없어. 타자가 잘 친 거니까. 내가 장담하지. 네 공은 충분히 프로에서 통할 만큼 좋아. 그러니까 도망치지 마."

"감독님!"

"머리를 비워. 그리고 딱 하나만 생각해."

퍼뜩 고개를 들고 빤히 바라보고 있는 윤경만에게 우진이 덧붙였다.

"무조건 스트라이크를 던져."

윤경만의 어깨를 다시 두드려 준 우진이 마운드에서 천천히 걸어 내려오다가 고개를 돌렸다. 어디선가 따가운 시선이 느껴졌기 때문이었다.

그리고 홈팀 응원석인 1루 측 관중석에 앉아서 난감한 표정을 짓고 있는 강균성의 모습을 확인한 순간, 우진이 쓰게 웃었다.

무사 만루.

1회 말부터 절호의 득점 찬스가 찾아오자, 관중석을 꽉 메우고 있는 우송 선더스의 응원단들 사이에서 함성이 터져 나왔다. 귀가 아플 정도로 요란한 함성을 듣고 있던 윤경만이 고개를 들어 관중석을 훑어보았다.

경기를 보기 위해서 찾아오는 관중이 거의 없는 2군 생활이 너무 길었던 탓일까? 관중들로 꽉 들어차 있는 경기장이, 그리고 귀가 아플 정도로 쏟아지고 있는 관중들의 함성이 무척이나 낯설게 느껴졌다.

그래서 자신도 모르는 사이에 자꾸 몸에 힘이 들어갔다.

길고 길었던 기약 없는 2군 생활을 할 당시에 윤경만이 잠들기 전에 늘 상상했던 장면이 관중들로 꽉 들어찬 경기장에서 마운드에 올라 주인공이 되는 것이었다.

언제 이루어질지 몰라서 막연하기만 하던 상상 속의 장면이 막상 현실로 닥치자 흥분되는 것은 사람인 이상, 어쩔 수 없었다. 그리고 좀 더 잘 던지고 싶다는 욕심 때문에 몸에 힘이 잔뜩 들어간 것이 투구 폼이 흐트러지며 제구가 흔들린 원인이었다.

씨익.

열성적으로 응원하고 있는 우송 선더스 팀의 응원단을 살피던 윤경만이 한쪽 입꼬리를 말아 올렸다.

"머리를 비워. 그리고 딱 하나만 생각해. 무조건 스트라이크를 던져."

　노우진이 마운드로 올라온 타이밍은 아주 적절했다. 만약 방금 전에 노우진이 올라와서 흐름을 끊어주면서 충고해 주지 않았다면, 끝까지 정신을 차리지 못했을 것이었다.

　대체 뭐가 어떻게 잘못됐는지도 모른 채 마운드 위에서 헤매다가, 오래간만에 찾아온, 어쩌면 다시 찾아오지 않을 수도 있는 좋은 기회를 허공에 날려 버렸으리라.

　윤경만이 글러브 속에 넣어두고 있던 공을 손끝으로 잡고 빙글 돌렸다. 스트라이크를 던지라고 충고해 주고 내려간 노우진은 스트라이크를 던지는 방법에 대해서는 일러주지 않았다. 그러나 그 방법은 윤경만이 잘 알고 있었다.

　'경기를 즐기자고.'

　경기장을 찾아온 많은 관중들이 마운드 위에 서 있는 자신의 일거수일투족을 집중한 채 바라보고 있었다. 윤경만이 야구 선수가 된 후에 늘 꿈꿔왔던 모습 그대로였다.

　경기를 즐기겠다고 마음을 바꾸자, 커다란 돌덩이가 눌러앉아 있던 것처럼 무겁던 어깨가 한결 가벼워졌다.

　그제야 윤경만이 상대 타자를 바라보았다.

　절체절명의 위기에서 맞닥뜨린 것은 우송 선더스의 4번 타자이자 현재 리그 홈런 부문 공동 선두를 달리고 있는 외국인 선수 니콜라스였다.

배트를 힘껏 움켜쥔 채 자신을 잡아먹을 듯이 노려보고 있는 니콜라스는 투수들에게는 공포의 대상이나 다름없었다. 게다가 루상에 주자가 꽉 들어차 있는 상황이라면 더욱 그랬다.

니콜라스는 득점권 타율이 무려 4할에 육박할 정도로 찬스에 강했고, 큰 것 한 방을 얻어맞으면 초반에 대량 실점으로 경기의 분위기를 넘겨줄 수 있었기 때문이었다.

후우.

손끝에 바람을 불어넣은 윤경만은 위협적인 눈빛을 던지고 있는 니콜라스를 바라보며 신경전을 펼치는 대신, 포수의 미트를 노려보며 와인드업을 했다.

슈아악! 윤경만이 던진 직구가 홈플레이트 한복판으로 들어갔다. 대기 타석에서 유심히 지켜보며 자신의 제구가 흔들린다는 사실을 미리 간파한 니콜라스는 타격 의사 없이 초구를 기다리고 있다가 움찔하며 아쉬운 기색을 드러냈다.

노 볼 원 스트라이크!

툭. 툭. 애꿎은 방망이를 땅바닥에 두드린 후, 다시 배트를 고쳐 쥐는 니콜라스를 힐끗 살핀 윤경만이 2구째도 직구를 뿌렸다. 역시 한가운데로 들어간 직구를 니콜라스도 이번에는 놓치지 않고 받아쳤다.

딱! 니콜라스의 방망이에 맞은 공이 1루 측 관중석으로 들어가며 파울이 되는 모습을 윤경만이 끝까지 시선을 떼지 않고 지켜보았다. 파울 타구를 잡고서 양팔을 들어 올리며 환호하고 있는 젊은 남자 관중에게서 시선을 뗀 윤경만이 이번에는 전광판으로 고개를 돌렸다.

전광판에 찍힌 구속은 140㎞였다. 최고 구속보다는 약 5㎞ 정도 구속이 떨어져 있었지만 윤경만은 개의치 않고 만족스레 웃었다.

우송 선더스의 4번 타자인 니콜라스가 공의 위력에 밀려서 파울이 된 타구를 확인하고서 고개를 갸웃거리고 있는 이유는 공의 종속 때문이었다.

'찾았다!'

마침내 원래 투구 폼을 되찾았다는 느낌이 든 순간, 어깨가 더욱 가벼워졌다. 이 감각을 유지하고 싶었다. 그래서 망설이지 않고 서둘러 와인드업을 한 윤경만이 포수의 미트를 향해 힘차게 공을 뿌렸다.

노 볼 투 스트라이크. 유인구를 던져야 할 타이밍이었지만, 윤경만은 노우진의 충고대로 스트라이크를 잡기 위해서 다시 한가운데 직구를 뿌렸다. 잠시 잃어버렸던 투구 폼을 되찾은 만큼, 스스로의 공에 확신이 생겼기 때문이었다.

따악!

공격적인 성향이 강한 니콜라스가 거침없이 휘두른 방망이 끝에 맞은 공이 외야로 뻗어나갔다.

'파울!'

얼핏 살피기에는 제대로 맞은 것처럼 보였지만, 니콜라스가 휘두른 방망이는 여전히 공의 위력에 밀렸다. 우익수가 타구를 잡기 위해서 파울라인 근처로 다가가는 것을 확인한 윤경만이 속으로 제발 잡지 말라고 소리쳤다.

그러나 우익수는 윤경만의 속내를 읽지 못하고 파울 타구를 잡았다.

타다다닷. 3루 주자가 태그 업을 시작하며 홈으로 대시했다.

그리고 홈승부는 이뤄지지 않았다. 우익수가 3루 주자를 잡기 위해서 홈으로 송구하는 대신, 2루 주자를 묶어두기 위해서 3루로 공을 뿌렸기 때문이었다.

0 : 1

아웃 카운트 하나와 1점을 바꾼 셈이었다. 아직 경기 초반임을 감안하면 우익수를 탓할 수 없는 정상적인 플레이였다. 그러나 윤경만은 분이 풀리지 않았다. 그리고 그 분노를 니콜라스 다음으로 타석에 선 타자에게 풀었다.

슈아악! 5번 타자에게도 초구부터 한가운데 직구를 던졌고, 공격적인 성향이 강한 타자도 망설이지 않고 방망이를 휘둘렀다. 까마득하게 느껴질 정도로 높이 솟구친 공은 내야를 벗어나지 못했다. 심판이 인필드 플라이를 선언하자, 1루를 향해 뛰어가던 5번 타자가 고개를 갸웃거리며 더그아웃으로 들어갔다.

2사 1, 2루 상황.

순식간에 클린업 트리오 가운데 두 명의 타자를 처리하며 아웃 카운트 두 개를 잡은 윤경만은 6번 타자를 상대로도 한가운데 스트라이크를 뿌리는 것을 멈추지 않았다. 초구와 2구는 잇따라 파울이 됐고, 노 볼 2스트라이크 상황에서 윤경만이 다시 한가운데로 공을 뿌렸다.

부우웅! 타자의 방망이가 파공음을 일으키며 매섭게 돌아갔다. 그러나 공과는 한참 거리가 있었다.

윤경만이 잇따라 직구만 고집하는 것을 지켜본 타자는 당연히 직구라고 생각하고 방망이를 휘둘렀지만, 이번에 윤경만이 던진 구질은 커브였다. 홈플레이트 앞에서 갑자기 뚝떨어진 커브는 보기좋게 타자를 헛스윙 삼진으로 돌려세웠다.

무사 만루의 위기 상황에서 단 1점만을 내주고 위기에서 벗어난 윤경만이 고개를 절레절레 흔들며 더그아웃으로 걸어 들어가다가 도중에 걸음을 멈추었다.

한성 비글스 팀의 응원석에서 흘러나오고 있는 박수 소리가 윤경만의 가슴을 뜨겁게 달아오르게 만들었다.

"확실히 보통 배짱은 아니군."

뭔가 마음에 들지 않는 듯 고개를 절레절레 흔들면서 더그아웃으로 털레털레 걸어 들어오는 윤경만을 지켜보던 노우진의 입가에 희미한 미소가 떠올랐다.

1군 선발투수 경험은 물론이고 아예 1군 경험이 전무한 윤경만에게 이번 깜짝 선발 등판이 주는 중압감은 엄청났을 터였다. 실제로 경기가 시작하자마자 투구 폼이 흐트러지며 순식간에 무사 만루의 위기에 몰린 것이 그 증거였다.

어지간한 투수라면 그 상황에서 중압감을 이기지 못하고 그대로 무너졌으리라. 하지만 윤경만은 금세 마음을 추스리고, 보란 듯이 중압감을 이겨냈다.

무사 만루의 위기 상황에서 씩씩하게 공을 뿌려대는 윤경만의 표정은 처음 마운드에 올라가서 첫 타자를 상대할 때와는 분명히 바뀌어 있었다.

뭐랄까? 경기를 진심으로 즐기고 있다고 할까?

그런데 이상한 점이 있었다. 무사 만루의 위기에서 우송 선더스의 막강 타선을 상대하면서 단 1점만 내주고 막아낸 뒤, 더그아웃으로 걸어 들어오고 있는 윤경만의 표정이 지나치게 굳어져 있었다.

'부상?'

퍼뜩 떠오른 생각에 노우진이 투수 코치에게 지시해서 윤경만을 불렀다.

"어디 안 좋아?"

"안 좋은 데는 없는데요. 더할 나위 없이 몸 상태는 좋아요."

"그런데 표정이 왜 그래?"

"속상해서요."

"뭐가?"

"완봉이 깨졌잖아요."

부루퉁한 표정으로 윤경만이 꺼낸 이야기를 듣던 노우진이 결국 참지 못하고 너털웃음을 터뜨렸다. 윤경만은 마운드에 오르기 전에 완봉을 노리겠다고 선언했었다.

그렇지만 우진은 귀담아 듣지 않았다. 그저 신인답게 패기 넘치는 각오를 밝힌 거라 여기고 무심코 넘겼는데, 진짜로 완봉을 노리고 있었을 줄이야. 하여간 별종은 별종이었다.

"가서 푹 쉬고 있어."

"네."

"그리고 타자들을 믿어 봐."

이미 십 연패를 기록한 상황이었다. 그리고 한성 비글스 팀의 최다 연패 기록인 11연패를 목전에 둔 상황이어서일까?

타자들의 눈빛도 이전 경기들과는 달랐다. 뭔가 해보겠다는 의욕이 깃들어 있었다.

오늘 경기 우송 선더스의 선발투수는 우완 언더핸드 투수인 배원수였다. 원래라면 팀의 2선발을 맡고 있는 외국인 투수 그레인키가 등판할 순서였지만, 우송 선더스의 감독인 정웅인은 등판 간격을 조정했다.

치열하게 선두권 다툼을 벌이고 있는 대승 원더스와의 3연전에 팀의 에이스 역할을 맡고 있는 두 명의 외국인 투수들을 출전시키기 위함이라는 것은 누구나 알 수 있었다.

그리고 그 말은 즉슨, 한성 비글스와의 승부를 그만큼 가볍게 여긴다는 뜻이기도 했다.

그레인키를 대신해서 오늘 경기 마운드에 오른 배원수는 우성 선더스 팀의 5선발을 맡고 있는 투수였다.

올 시즌 성적으로 7승 9패, 방어율 4.23을 기록하고 있는 배원수는 분명히 공략해 볼 만한 상대였다. 하지만 우진의 기대와 달리 한성 비글스 팀의 타선은 무기력하기 그지없었다.

매 이닝마다 루상에 주자가 나가기는 했지만, 후속타가 터지지 않았다. 1회와 2회를 득점 없이 흘려보낸 한성 비글스 팀의 3회 공격은 다시 1번 타자부터 시작이었다.

"타순이 한 바퀴 돈 만큼 투수의 공은 눈에 익었을 테고. 이제 기회가 한 번은 찾아올 것 같은데."

배원수는 타자를 힘으로 제압하는 정통파 투수가 아니라, 언더핸드 기교파 투수였다. 다양한 구질의 공을 섞어서 던지고 있지만, 타순이 한 번 돈 만큼 배원수의 공은 타자들의 눈에 서서히 익기 시작했을 터였다. 그리고 우진의 기대는 헛되지 않았다.

1번 타자인 고동선은 노 볼 투 스트라이크의 불리한 볼카운트에 몰렸음에도 쉽게 물러나지 않았다. 끈질기게 유인구를 참아내며 풀카운트 승부를 펼친 끝에, 결국 볼넷을 골라서 1루로 걸어 나갔다. 1회 초에 삼진을 당했던 공인 싱커에 속지 않고 끝까지 잘 참아낸 덕분이었다.

2번 타자인 장기형은 볼카운트를 유리하게 이끌기 위해서 배원수가 한가운데로 던진 직구를 초구부터 과감하게 공략했다.

따악. 경쾌한 소리와 함께 날아간 타구는 중전수 앞에 떨어지는 안타로 이어졌다. 무사 1, 2루의 기회에서 3번 타자인 최익성이 타석에 들어섰다.

원래라면 희생번트를 지시해서 주자들을 한 루씩 진루시키는 것이 정석이었지만, 우진은 결국 강공을 지시했다.

아직은 경기 초반이었고, 최익성이 번트에 능하지 않다는 것이 마음에 걸렸다. 그리고 마운드를 지키고 있는 윤경만에 대한 믿음도 크지 않았기에, 오늘은 1점 승부가 아니라고 판단했기 때문이었다.

딱. 최익성은 3구째를 노려 쳤고, 방망이 중심에 잘 맞은 타구는 투수 곁을 스치며 2루수와 유격수 사이로 총알같이 빠져나갈 것처럼 보였다.

하지만 우송 선더스의 유격수인 배진태의 호수비가 나왔다.

과감하게 슬라이딩을 하며 공을 낚아챈 배진태는 바닥에 쓰러진 자세 그대로 글러브에서 공을 빼내 재빨리 베이스 커버를 들어온 2루수에게 송구했다.

장기형이 살기 위해서 필사적으로 슬라이딩을 했지만, 공이 글러브 안으로 들어가는 것이 조금 빨랐다. 상황은 1사 1, 3루로 바뀌었고, 한성 비글스 팀의 4번 타자인 백병우의 타석이 돌아왔을 때였다.

"장태준! 장태준!"

3루 측 관중석이 술렁이기 시작하더니, 장태준의 이름을 연호하는 소리가 들려오기 시작했다. 그리고 벌써 술에 취한 것으로 보이는 관중이 악다구니를 쓰듯 소리쳤다.

"야, 이 멍청한 감독 새끼야. 안타 하나 못 치는 멍청한 녀석 말고 우리 팀의 진짜 4번 타자를 내보내란 말이야!"

그 고함을 듣고서 우진의 표정이 살짝 굳어졌다. 이건 게임볼에서는 경험하지 못했던 상황이었기에 조금 당혹스러웠다.

그래서 슬그머니 고개를 돌렸던 우진이 보란 듯이 웃고 있는 장태준과 시선이 마주쳤다.

자, 이래도 날 더그아웃에 앉혀둘 거냐?

마치 그렇게 시위하고 있는 듯한 장태준의 표정을 확인한 우진이 먼저 고개를 돌렸다.

1회 초 2사 2루의 득점 찬스에서 헛스윙 삼진으로 물러나면서 찬스를 무산시켰던 백병우가 보였다.

백병우라고 해서 관중석에서 흘러나온 고함과 야유 소리를 듣지 못했을 리가 없었다.

4번 타자로 꾸준히 출전하면서도 아직까지 안타를 기록하지 못한 탓에 기가 죽어 있던 백병우의 어깨가 더욱 축 처져 있었다.

"태준이를 대타로 기용할까요?"

눈치를 살피던 타격 코치가 다가와서 조심스럽게 물었다. 그러나 우진은 단호하게 고개를 흔들었다.

장태준이 마음에 들지 않는 것은 사실이었다. 하지만 장태준을 선발 라인업에서 제외한 것이 꼭 그 이유만은 아니었다.

우진은 백병우의 가능성을 엿보았다.

만약 지금 상황에서 등을 떠밀려서 백병우를 교체한다면, 백병우는 자괴감으로 인해서 길고 긴 슬럼프에 빠질 가능성이 높았다.

만약 1군에서 아무것도 보여주지 못하고 다시 2군으로 내려간다면, 스스로 야구를 그만둘지도 몰랐다.

백병우의 미래를 위해서, 그리고 한성 비글스의 미래를 위해서라도 백병우를 지금 교체할 수는 없었다.

"그대로 갑니다."

그래서 우진이 힘주어 대답했다.

"우우!"

"삼진 전문 4번 타자다!"

"원래 자리인 2군으로 돌아가라. 2군으로 돌아가라!"

관중석에서 흘러나오고 있는 각양각색의 야유 소리를 들으며 타석에 들어선 백병우를 바라보던 우진의 껌 씹는 속도가 빨라졌다.

애써 태연한 척하고 있었지만, 백병우는 저 야유 소리에 민감하게 반응하고 있었다.

타석에 들어서 있는 것이 가시방석처럼 느껴지는 걸까?

백병우는 초구부터 거침없이 방망이를 돌렸다.

따악. 방망이 가운데 공이 맞아 나가는 경쾌한 타격음이 울려 퍼진 순간, 우진이 감독석에서 벌떡 일어났다.

'제대로 걸렸다!'

백병우가 친 타구는 높은 포물선을 그리며 외야로 뻗어나갔다. 까마득하게 치솟은 채 외야로 날아가는 타구는 3루 측 관중석에서 쉬지 않고 쏟아지던 야유마저 잠재웠다.

우익수가 쫓아가는 것을 일찌감치 포기했을 정도로 타구는 컸다.

하지만 백병우가 날린 타구는 마지막 순간에 바람의 영향을 맞아 살짝 휘면서 폴대를 빗겨갔고, 심판은 양팔을 벌려서 홈런이 아니라 파울을 선언했다.

우진이 아쉬운 한숨을 토해내며 감독석에 털썩 주저앉았다.

경기의 판도를 단숨에 뒤바꿀 수 있는 장타를 쳐내는 것이 팀의 4번 타자의 역할이었다.

그리고 백병우는 이번 타석에서 그 역할에 충실했지만, 운이 따라주지를 않았다.

'안 좋은 결과가 나오겠군!'

짤막한 한숨을 토해낸 우진이 미간을 좁혔다. 파울 홈런을 치고 난 경우, 타자의 다음 승부 결과는 안 좋게 나오는 경우가 대부분이었다.

파울 홈런으로 인해 경각심을 느낀 투수는 더욱 조심스러운 승부를 하게 마련이었고, 타자는 아깝게 홈런을 빼앗긴 것에 대한 허무함과 아쉬움 때문에 타석에서 제대로 집중을 하지 못하기 때문이었다.

이 찬스를 살리지 못한다면 경기의 흐름이 중후반까지 우송 선더스에게 넘어갈 가능성이 높았다.

한 점이라도 뽑아서 최소한 동점을 만들어야 했다.

그래서 스퀴즈 지시를 내리고 싶은 간절한 마음을 우진은 억지로 참아냈다.

백병우는 팀의 4번 타자인 만큼 끝까지 믿고 맡겨야 한다는 결론을 내렸기 때문이었다.

딱.

그사이 백병우가 다시 방망이를 휘둘렀다. 이번에도 무척 잘 맞은 타구였지만, 하필이면 2루수 정면이었다.

라인 드라이브로 날아간 공은 미동도 없이 기다리고 있던 2루수의 글러브로 빨려 들어갔고, 스타트를 미리 끊었던 1루 주자의 귀루가 늦은 탓에 더블 아웃으로 이어지며 순식간에 이닝은 종료됐다.

"우우우!"

백병우가 날린 파울 홈런 덕분에 잠시 사그라들었던 관중석의 야유가 다시 터져 나왔다.

어깨를 축 늘어뜨린 채 더그아웃으로 걸어 들어오고 있는
백병우를 바라보던 우진이 고개를 돌려서 시선을 외면했다.

부우웅.

우송 선더스의 4번 타자인 니콜라스가 힘껏 휘두른 방망
이는 홈플레이트 근처에서 가라앉는 공을 건드리는 데 실패
한 채 허공을 갈랐다.

콧김을 씩씩 내뿜으면서 더그아웃으로 돌아오자마자 방망
이를 집어 던지며 삼진을 당한 것에 대해서 분풀이를 하고
있는 니콜라스를 외면하며 정웅인이 미간을 찡그렸다.

"경기가 왜 이 모양이야?"

1회에 볼넷을 남발하면서 자멸할 것처럼 보이던 윤경만이
란 애송이 선발투수는 1회 무사 만루 위기를 단 1실점으로
막아냈다.

그리고 2회부터는 혹시 다른 투수가 올라온 게 아닐까 하
는 착각이 들 정도로 호투를 펼치고 있었다.

5회가 끝났을 때까지 점수는 고작 1점 차, 간신히 살얼음
판 리드를 지키고 있었다.

그리고 6회에 접어들며 투구 수가 어느덧 100개에 가까워
지고 있음에도, 윤경만이 뿌리고 있는 공의 위력은 전혀 줄

어들지 않았다.

오히려 1회보다 구속이 더욱 올라가서 140㎞대 중반을 찍고 있었고, 변화구의 각도 더욱 예리해졌다.

현재 리그 홈런 공동 선두를 달리고 있는 니콜라스를 비롯한 중심 타선이 연신 헛방망이를 돌리며 속절없이 삼진으로 물러나고 있는 것이 그 증거였다.

"1점으로는 불안한데."

오늘 경기에서 새로이 등장한 변수인 윤경만으로 인해서 경기의 양상은 정웅인의 예상과 전혀 다른 방향으로 흘러가고 있었다.

마운드로 걸어 올라가고 있는 배원수의 뒷모습을 바라보던 정웅인은 불안감을 느꼈다. 아슬아슬한 1점 차의 리드를 지키기에는 배원수의 구위가 불안했다.

"쩝, 어쩔 수 없지!"

정웅인이 입맛을 다시며 대승 원더스와의 2연전에 총력을 기울이기 위해서 아껴두고 싶었던 불펜을 가동시킬 준비를 시작했다.

*   *   *

한성 비글스의 6회 말 공격은 2번 타자인 장기형부터 시작이었다.

투구 수가 어느덧 100개에 가까워진 배원수는 수시로 모자를 벗고 이마에 맺힌 땀을 닦으며 지친 기색을 드러내고 있었다.

"끈질기게 물고 늘어져!"

우진이 지시한 대로 장기형은 지칠 대로 지친 배원수와 끈질긴 승부를 펼쳤다.

노 볼 투 스트라이크로 카운트가 불리하게 몰린 상황에서도 쉽게 유인구에 속지 않았다.

스트라이크 존으로 들어오는 공은 잇따라 커트해 냈고, 유인구를 골라내며 볼카운트를 풀카운트까지 끌고 갔다.

배원수가 던진 열 번째 공은 몸 쪽 커브. 바깥쪽 공만으로 승부를 계속 끌어나가다가 타자의 허를 찌른 회심의 승부구였다.

몸 쪽 공이 들어올 것이라고는 예상하지 못했던 장기형은 움찔한 것이 다였고, 공은 포수의 미트로 이미 들어간 후였다.

하지만 공이 조금 높았다고 판단한 심판의 손이 올라가지 않았다.

배원수가 모자를 거칠게 벗고 고개를 절레절레 흔들며 볼 판정에 노골적으로 불만을 드러냈고, 우송 선더스의 포수인 최윤성도 주심에게 항의했다.

하지만 스트라이크와 볼 판정은 주심 고유의 영역이었고, 항의를 한다고 해도 판정은 바뀌지 않았다.

무사 1루.

절호의 찬스에서 3번 타자인 최익성이 타석에 들어섰다. 일단 동점을 만드는 것이 최우선인 만큼, 희생번트가 필요한 상황이었다.

그러나 우진은 이번에도 선뜻 번트를 지시하지 못하고 망설였다.

최익성이 번트에 익숙지 않은 타자라는 것이 마음에 걸렸기 때문이었다.

그사이에 배원수가 와인드업을 했다.

2볼 노 스트라이크. 조금 전, 아쉬운 볼 판정 때문일까? 배원수는 눈에 띄게 제구가 흔들리며 스트라이크 존과는 한참 거리가 먼 볼 두 개를 연달아 던졌고, 우진은 결단의 순간이 다가왔음을 직감했다.

가장 좋은 경우의 수는 최익성이 안타를 치거나 볼넷을 얻어서 진루하는 것이었다. 하지만 배원수는 제구가 좋은 편이었다.

비록 일시적으로 제구가 흔들리고는 있지만, 볼넷을 기대하기 어렵다고 판단한 우진이 선택한 작전은 히트 앤 런, 즉

치고 달리기였다.

배원수는 3구째에 무조건 스트라이크를 던지려 할 것이었고, 구질은 오늘 배원수가 가장 자신 있어 하는, 속된 말로 긁히는 공인 커브일 확률이 무척 높았다.

그런 우진의 예상은 정확히 들어맞았다. 배원수는 스트라이크를 잡기 위해서 스트라이크 존 바깥쪽에 걸치는 커브를 던졌고, 최익성은 작전대로 밀어 쳤다.

타다닷, 딱. 1루 주자인 장기형이 스타트를 끊자마자, 최익성이 친 잘 맞은 타구가 2루수의 앞으로 굴러갔다.

평소였다면 더블플레이로 이어졌을 2루수 정면으로 향하는 땅볼 타구였지만, 장기형의 스타트가 워낙 빨랐던 덕분에 2루수는 주자를 포기하고 1루를 선택해서 타자만 잡아냈다.

1사 2루의 찬스 상황에서 다시 4번 타자 백병우의 타석이 돌아온 순간, 우송 선더스의 더그아웃도 바빠지기 시작했다.

"이게 마지막 기회일지도 모르겠군!"

치열한 선두권 다툼 중인 우송 선더스의 감독인 정웅인은 이번 경기를 절대 놓치지 않을 요량이었다.

우송 선더스가 자랑하는, 철벽이라 불리는 불펜의 필승조를 투입하려는 것을 눈치챈 우진이 비스듬하게 눌러쓰고 있던 모자를 고쳐 썼다.

우송 선더스는 6회까지 앞서고 있던 경기에서 역전패한 경기가 올 시즌에 딱 다섯 번뿐일 정도로 불펜의 필승조가 뛰어났다. 그들이 올라오기 전에, 배원수를 상대로 경기의 분위기를 바꿔놓아야 했다.

"삼진 머신, 또 등장이다!"

"좀 바꿔라. 우리 팀 4번 타자를 돌려내."

"장태준! 장태준!"

백병우의 타석이 돌아오자, 다시 3루 측 관중석이 시끄러워지기 시작했다.

백병우가 1군에 올라와 4번 타자로 등장해서 11타수 무안타, 삼진 5개를 기록하고 있는 상황이니, 전혀 이해가 가지 않는 반응은 아니었다.

야유 소리를 듣던 우진이 고개를 돌렸다.

'자, 이제 어쩔 거냐?'라는 표정을 지은 채 어깨를 으쓱하는 장태준과 뭔가 불만이 쌓인 듯한 표정을 짓고 있는 타격 코치가 보였다.

힐끗 그들을 살핀 우진이 이번에는 타석으로 향할 준비를 하고 있는 백병우를 바라보았다.

"타격감은 분명히 괜찮은데!"

비록 아쉽게 파울 홈런이 되긴 했지만, 전 타석에서 백병우가 날린 타구는 방망이 중심에 제대로 맞은 타구였다.

게다가 밀어 쳐서 그렇게 큰 타구를 만들어냈다는 것은, 타격감이 괜찮다는 증거였다.

그럼에도 불구하고 백병우가 안타를 만들어내지 못하고 있는 이유는 딱 하나, 부담감 때문이었다.

"부담감을 얼른 털어내야 하는데."

우진이 지난 타석에서 병살타를 치고 더그아웃으로 힘없이 걸어 들어오던 백병우의 시선을 외면했던 것은 실망했기 때문이 아니었다.

조금이라도 부담감을 덜어주기 위해서였다. 하지만 이 정도로는 부족하다는 생각이 들었다.

관중석에서 흘러나오고 있는 팬들의 비난을 이겨내기에는 1군 경험이 부족한 백병우의 멘탈이 아직 단단하게 단련되지 않은 상태였다.

그래서 우진이 타석으로 향하고 있는 백병우를 다시 불러 세웠다.

"교체… 입니까?"

"아직까진 안 잘렸어."

"……?"

"전에 말했잖아. 내가 잘리기 전까지는 네가 우리 팀의 4번 타자라고."

긴장한 탓일까? 조금 늦게 말귀를 알아들은 백병우가 비로소 안심한 표정으로 희미하게 웃는 것이 보였다.

"웃어?"

"네?"

"지금 웃음이 나와?"

"죄송합니다."

"농담이야."

"……?"

"그냥 웃으면서 해."

"네?"

"야구 며칠만 하고 말 것도 아니잖아. 오늘 못하면 내일, 또 모레 잘하면 돼. 적어도 이번 달까지는 내가 잘리지 않을 테니까 너도 마음 편하게 먹고 해. 그리고 어차피 이번에는 더블플레이가 될 일도 없으니까 부담가지지 말고 마음껏 네 스윙을 해."

우진이 감독석으로 돌아와서 팔짱을 꼈다. 백병우의 부담을 조금이라도 덜어주기 위해서 농담을 건넸지만, 우진은 속이 까맣게 타 들어가는 심정이었다.

만약 이 선택이 잘못되면 엄청난 비난이 따르리라는 것은 이미 짐작하고 있었다.

선수 기용은 감독 고유의 권한이었지만, 그 권한에는 책임도 따르는 법이었으니까.

우진이 백병우를 위해서 해줄 수 있는 것은 여기까지였다. 이제부터는 백병우 본인이 마음을 짓누르고 있는 부담감을 스스로 떨쳐내야 했다.

우진이 최소한 진루타라도 쳐주길 기대하며 타석에 들어선 백병우를 유심히 바라보았다. 타격 폼은 딱히 바뀐 것이 없었다.

그리고 배원수는 불펜의 필승조가 움직이기 시작했다는 사실을 알고 있기에 이번 이닝이 마지막이라는 것을 직감한 듯 보였다.

백병우가 1군에 올라온 후, 11타석에서 안타를 하나도 기록하지 못한 타자라는 것을 알고 있는 배원수는 초구부터 정면 승부를 펼쳤다.

슈아악. 초구는 바깥쪽 꽉 찬 커브. 백병우는 미동도 하지 않고 초구를 그대로 흘려보냈다.

'직구를 노린다?'

마침 배원수가 2구로 바깥쪽 직구를 던졌지만, 이번에도 백병우는 움찔한 것이 다였다.

노 볼 2스트라이크. 순식간에 볼카운트는 불리하게 몰렸고, 우진의 껌 씹는 속도도 빨라졌다.

'도대체 노리는 공이 뭐지?'

커브와 직구. 두 가지 구질을 모두 그대로 흘러보내는 백병우의 노림수가 무엇인지 우진조차 감을 잡을 수가 없었다.

그사이, 배원수가 3구를 던졌다.

다시 바깥쪽 커브가 들어왔고, 물끄러미 지켜보던 백병우가 힘껏 방망이를 휘둘렀다.

'늦었어!'

백병우가 타격하는 모습을 지켜보던 우진이 미간을 찌푸렸다.

따악! 방망이 중심에 걸리긴 했지만 타이밍이 느렸다. 처음부터 노림수를 가지고 타석에 들어서지 않고, 볼카운트가 불리하게 몰린 상황에서 대처하느라 타이밍이 늦은 것이었다. 백병우가 밀어 친 타구는 우익수 방면으로 날아갔다.

'태그 업을 하면 3루까지는 갈 수 있겠군!'

비록 타이밍이 조금 늦었지만, 백병우에게는 타고난 손목 힘이 있었다.

백병우가 친 타구는 우진의 생각보다 훨씬 멀리 뻗어나갔고, 우익수는 펜스 근처까지 다가가서 공을 받을 채비를 하고 있었다.

'지금 뭐하는 거야?'

타구에서 시선을 떼고 2루 주자인 장기형을 향해 고개를 돌렸던 우진이 참지 못하고 미간을 찡그렸다.

백병우의 타구는 펜스 근처까지 도달할 정도로 무척 깊었고, 태그 업을 한다면 충분히 3루에 안착할 수 있었다.

그런데 장기형은 베이스에 착 달라붙어서 우익수에게 집중하지 않고, 베이스에서 한참 떨어진 채 멀거니 타구만 바라보고 있었다.

이건 기본 중의 기본인 주루 플레이였다.

그 기본조차 망각하고 있는 장기형으로 인해서 우진이 참지 못하고 벌떡 일어섰을 때, 장기형이 천천히 3루 베이스를 향해 뛰기 시작했다.

그리고 장기형은 3루에서 멈추지 않고 아예 홈으로 들어오고 있었다.

'넘어갔다?'

백병우는 주먹조차 들어 올리지 않고 마치 안타를 친 사람처럼 빠르게 베이스를 돌았다.

관중석에서도 환호가 터져 나오지 않았다.

쏟아지던 야유가 멈추고, 마치 쥐 죽은 것처럼 고요하게 변했을 뿐이었다.

그래서 백병우가 친 타구가 펜스를 아슬아슬하게 넘겼다는 사실을 알아챈 것은 백병우가 3루 베이스를 밟고서 홈으로 들어올 때였다.

2 : 1

백병우의 한 방으로 경기는 순식간에 뒤집어졌다.

자신의 믿음이 틀리지 않았다는 사실을 깨달은 우진이 더 그아웃으로 들어오고 있는 백병우에게 주먹을 내밀었다.

지독했던 마음고생과 부담감을 이 한 방에 털어내 버린 백병우가 환하게 웃으며 주먹을 맞부딪혔다.

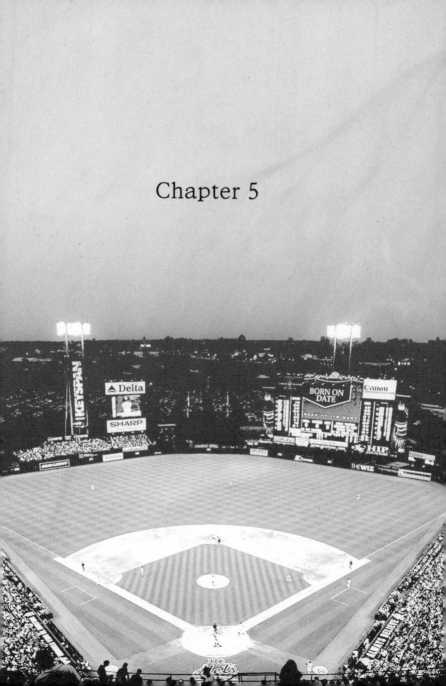

Chapter 5

　7회 말, 윤경만이 다시 마운드로 올라갔다. 6회까지 기록한 투구 수는 92개. 투구 수 조절만 잘한다면 7회까지 마운드를 지키는 것이 충분히 가능했다.

　그래서 윤경만이 내려간 8회 이후에 경기를 마무리 지을 불펜진 운영에 대해서 고심하고 있던 우진의 계획은 7회가 시작되자마자 어그러졌다.

　6회까지 기대 이상으로 씩씩하게 공을 뿌리며, 1회를 제외하고는 큰 위기 없이 마운드를 지켰던 윤경만의 제구가 갑자기 흔들리기 시작했다.

7회 말, 첫 타자는 포수 파울플라이로 간단하게 처리했지만 다음 타자에게는 공 네 개를 모두 볼을 던지며 스트레이트 볼넷을 허용했다.

1사 1루. 백병우의 홈런으로 경기를 뒤집자마자 바로 위기가 찾아왔고, 우진이 한숨을 내쉬었다. 윤경만이 뿌리고 있는 공의 구위나 힘은 떨어지지 않았다. 그럼에도 불구하고 윤경만의 제구가 갑작스럽게 흔들리고 있는 이유가 짐작이 갔다. 바로 욕심이 생겼기 때문이었다.

1군 무대 데뷔전에서의 선발 승.

승리투수가 되고 싶다는 욕심이 자신도 모르는 사이 윤경만의 어깨에 힘이 들어가게 만들었고, 그로 인해 투구 리듬이 깨지면서 제구가 흔들리고 있는 것이었다.

'여기까지가 한계인가?'

조금만 더 버텨주면 좋았을 걸, 하는 아쉬움이 밀려드는 것은 어쩔 수 없었다. 그렇지만 우진은 이내 고개를 흔들었다.

윤경만은 1군 무대 마운드에 처음 선 선수였다. 더구나 선발투수라는 엄청난 부담을 양 어깨에 지고 올라온 신인 선수인 윤경만이 우송 선더스의 강타선을 맞이하여 지금까지 단 1실점만을 허용하며 마운드를 지켜낸 것만으로도 자신의 역할 이상을 해낸 셈이었다.

'이제부터는 불펜 싸움이야!'

윤경만도, 우송 선더스의 선발투수였던 배원수도 기대 이상의 호투를 선보이며 6회까지 마운드를 책임졌다. 그리고 이제부터 시작되는 불펜진의 싸움은 한성 비글스 팀이 압도적으로 열세였다.

"누굴 내보낼까?"

한성 비글스 팀의 고질적인 문제 중 하나가 바로 불펜진의 허약함이었다.

현재 불펜 투수들 가운데 1점 차 승부에서 믿고 내보낼 만한 투수는 우진이 생각하기에 아무도 없었다. 오죽하면 이전 감독이 필승조를 꾸릴 생각조차 하지 못했을까?

한참 고심하던 우진이 투수 코치를 불렀다.

"마운드로 한 번 올라가서 맥을 끊어주세요. 그리고 경만이에게 시간을 최대한 끌라고 전하세요."

"교체입니까?"

"다음 타자까지 상대하고 바로 교체입니다."

"누구를 준비시킬까요?"

"김선민을 준비시키세요."

김선민은 현재 한성 비글스 팀의 마무리 투수였다. 여러 차례 블론 세이브(세이브 상황에서 등판한 투수가 동점이나 역전을 허용하는 것)를 기록하며 다른 팀의 마무리 투수들에

비해서 안정감이 떨어지는 편이긴 했지만, 현재 한성 비글스 팀의 불펜진에서 가장 믿을 수 있는 투수가 바로 김선민이 었다.

그래서 우진이 지시를 내렸지만, 투수 코치는 지시를 이행하기 위해서 바로 움직이지 않았다. 영 마뜩찮은 표정을 지은 채 우진의 곁을 떠나지 않고 밍기적댔다.

"왜 그래요? 무슨 할 말 있어요?"

"감독님, 아직 7회입니다."

"그래서요?"

"감독님도 잘 아시고 계시겠지만 선민이는 우리 팀의 마무리 투수입니다. 8회도 아니고 7회부터 마운드에 올리는 건 무리입니다. 게다가 선민이는 어제 경기에도 출전해서 30개 가까이 공을 던졌습니다."

"그래서 진짜 하고 싶은 말이 뭡니까?"

"지금 시점에 선민이를 올리는 건 혹사입니다."

마치 작정하고 항명이라도 하듯 투수 코치는 언성까지 높이며 쉽게 고집을 꺾지 않았다. 하지만 우진은 그런 투수 코치의 태도에 전혀 화가 나지 않았다. 오히려 저런 모습이 마음에 들었다. 투수들을 자식처럼 소중히 여기는 마음이 고스란히 전해졌기 때문이었다.

'그동안 과잉보호를 하긴 했지만, 일단 기본은 갖췄어!'

흥분한 탓에 얼굴이 잔뜩 상기되어 있는 투수 코치를 향해서 우진이 다시 힘주어 말했다.

"김선민을 준비시키세요."

"감독님!"

"현재 우리 불펜 투수들 가운데 김선민 말고 1점 차를 지켜낼 수 있는 투수가 있습니까?"

"그건……."

우진이 던진 질문에 바로 대답하지 못하고 투수 코치의 말문이 막혔다. 그 틈을 놓치지 않고 우진이 덧붙였다.

"8회까지입니다."

"네?"

"김선민은 8회까지만 던집니다. 그 정도라면 혹사가 아니겠지요?"

엉겁결에 고개를 끄덕이던 투수 코치의 두 눈에 다시 의문이라는 감정이 떠오르는 것이 보였다.

"그럼 9회는 누가 막습니까?"

당연히 가져야 할 의문. 우진이 숨이 넘어가기 직전인 투수 코치를 위해서 재빨리 대답해 주었다.

"우리 팀의 새로운 마무리 투수가 막습니다."

　　7회 말, 상황은 1사 1, 2루로 바뀌었다.

우진의 지시대로 1루 주자에게 견제구를 연달아 던지며 최대한 시간을 끌면서 타자를 상대하던 윤경만은 결국 흔들리는 제구를 극복하지 못하고 또 한 명의 타자를 볼넷으로 진루시켰다.

이제 적당한 때가 됐음을 확인한 우진이 타임을 요청하고 직접 마운드로 올라갔다. 아쉬운 기색이 역력한 표정으로 손에서 쉽게 공을 놓지 못하고 있는 윤경만의 앞으로 우진이 손을 내밀었다.

"기대 이상으로 잘 던져줬다."

"더 던질 수 있는데요."

"힘 아껴뒀다가 다음에 던져."

"그렇지만……."

"한 경기만 던지고 그만둘 거 아니었잖아?"

윤경만은 최선을 다했고, 선발투수로 올라와서 기대 이상의 역할을 해주었다. 그런 그에게 우진이 해줄 수 있는 것은 약속이었다.

다음 선발 로테이션에도 합류해서 등판할 거라는 확답을 받아내고 나서야, 윤경만은 손에 꼭 쥔 채 놓지 않고 있던 공을 건넸다. 그리고 마운드를 내려가려는 윤경만을 우진이 다시 불렀다.

"윤경만!"

"네!"

"다음에는 약속대로 완봉해!"

"맡겨주세요!"

씨익 웃으며 당차게 대답하는 윤경만이 선수들과 관중들의 박수를 받으며 더그아웃으로 걸어 들어갔다. 그리고 윤경만에 이어서 마운드에 올라온 김선민의 표정을 살피면서 우진이 공을 건넸다.

"표정이 왜 그래?"

"무슨 말씀이신지?"

"꼭 마운드에 처음 올라온 사람 같잖아. 낯설어?"

"네?"

"평소보다 일찍 올라와서 낯선 거 아냐?"

그제야 말귀를 알아들은 김선민이 까맣게 탄 얼굴과 대비되는 새하얀 이를 드러내며 씩 웃었다.

"마운드에 서는 건 다 똑같습니다."

김선민은 대수롭지 않게 대꾸했다.

하지만 우진은 자꾸 신경이 쓰였다.

투수란 아주 예민한 동물이었다. 공을 던지는 것과 아무런 상관이 없는 새끼발가락 끝에 작은 물집이나 상처만 생겨도 투구 밸런스가 깨질 정도로 예민한 게 투수인데, 갑자기 보직이 변경됐으니 불만이 생겨서 멘탈이 흔들려도 전혀 이상할 것이 없었다.

그래서 우진이 조심스럽게 물었다.

"서운해?"

"아니요."

바로 대답을 꺼내는 김선민의 표정을 우진이 유심히 살폈다. 그냥 예의상 꺼내는 말이 아니었다. 그동안 팀의 마무리 투수로서 여러 차례 블론세이브를 기록하며 적잖은 부담을 지고 있었던 탓이었을까?

김선민에게서는 서운한 기색을 찾아볼 수 없었다. 오히려 무거운 짐을 훌훌 내려놓은 사람처럼 홀가분한 표정이었다. 그 홀가분한 표정을 확인하고 나서, 우진이 희미하게 고개를 끄덕였다.

김선민은 분명히 좋은 투수였다. 직구의 구속도 좋았고, 변화구도 다양했다.

하지만 김선민이 마무리 투수로 확실하게 자리를 잡지 못한 이유는 타고난 성격 탓이 컸다. 팀의 승패를 결정짓는 9회의 살얼음판 리드 상황에서 올라와 혼자서 경기를 책임지고 마무리를 짓기에는 김선민의 성격이 너무 여렸다.

"편하게 던져. 만약 점수를 내줘도 만회할 기회가 있으니까."

"네!"

"하나는 약속하지."

"……?"

"앞으로 등판할 기회가 훨씬 많아질 거야."

마무리 투수는 팀이 앞서고 있는 상황에서 등판해 승리를 지키는 역할을 주로 맡았다.

하지만 한성 비글스 팀의 전력이 워낙 약한 탓에 마무리 투수가 등판할 기회는 잦지 않았다. 실제로 지난 10연패를 기록하는 동안, 마무리 투수인 김선민은 개점휴업 상태나 마찬가지였다.

10연패를 기록할 동안 김선민이 등판했던 것은 어제 경기가 유일했다. 그리고 투수란 자주 경기에 나서야 경기 감각을 유지할 수 있는 법이었다.

경기에 나서지 못하는 경우가 잦아지면서 들쭉날쭉한 등판 간격 탓에 김선민이 컨디션 조절에 애를 먹고 있다는 사실을 이미 꿰뚫어보고 있었던 우진이 김선민의 어깨를 가볍게 두드려 준 후 마운드에서 천천히 걸어 내려왔다.

다음 시즌을 앞두고 있는 한성 비글스 팀이 해결해야 할 가장 시급한 문제 중 하나가 바로 불펜진이었다. 그리고 우진은 새로이 꾸리게 될 불펜 필승조의 한 자리로 김선민을 내심 낙점해 두고 있었다.

감독석으로 돌아온 우진이 맞은편 더그아웃을 살폈다. 7회

부터 팀의 마무리 투수인 김선민을 마운드에 올리는 우진의
투수 기용에 당황한 기색이 역력한 정웅인이 아까부터 매섭
게 노려보고 있었다.

"마음이 급하신 건 알겠지만, 저도 급한 건 마찬가지라서
요. 이번 경기는 제가 이겨야겠습니다."

마음의 부담을 털어낸 탓일까? 1사 1, 2루의 위기 상황에
서 마운드에 올랐지만 김선민은 타자 무릎 높이로 낮게 제
구되는 좋은 공을 뿌렸다.

첫 타자는 전매특허나 다름없는 각이 예리한 커터로 삼진
을 잡았고, 다음 타자는 평범한 우익수 플라이로 처리해서
간단하게 위기를 넘겼다.

비록 7회 말 찬스가 무산됐지만, 우진의 예상대로 우송
선더스의 감독인 정웅인도 끝까지 포기하지 않았다. 이번 경
기를 잡기 위해서 정웅인은 총력전을 펼쳤다. 장영식과 정웅
락으로 이어지는 필승 계투조를 8회와 9회에 잇따라 마운드
에 올리는 강수를 뒀다. 그리고 마침내 9회 말, 우송 선더스
의 마지막 공격이 시작됐다.

*　　　　*　　　　*

야구 인생을 시작한 후로, 처음으로 마무리 투수로 나서

는 김전우는 곁에서 지켜보는 사람이 안쓰럽게 느껴질 정도로 긴장하고 있었다.

한성 비글스 팀이 10연패를 기록하고 있는 상황. 게다가 1점 차의 살얼음판 리드에서 마운드에 올라가 팀의 승리를 지켜내야 한다는 부담감이 그만큼 컸기 때문이었다.

"간단하게 생각해. 아웃 카운트 세 개만 잡으면 돼."

"하지만……."

"뒤는 생각하지 말고 전력투구해."

선발투수와 중간 계투 요원, 그리고 마무리 투수는 각자 보직이 다른 만큼 투구 패턴도 달라져야 했다.

최대한 긴 이닝 동안 마운드를 지켜야 하는 선발투수는 투구의 강약 조절이 필요했다. 반면 길어야 한 이닝만 책임지면 되는 마무리 투수는 강약 조절이 아니라 전력투구가 필요했다.

물론 그 외에도 마무리 투수에게 필요한 조건은 많았다. 그중에서 가장 중요한 것은 실점을 허용할 수 있는 위기 상황에서 삼진을 잡아내는 능력이었다.

그리고 우진이 김전우를 팀의 새로운 마무리 투수로 낙점한 가장 큰 이유는 바로 삼진을 잡아낼 수 있는 능력 때문이었다.

스트라이크 존을 통과하다가 타자 앞에서 갑자기 뚝 떨어지는 싱커로 땅볼을 유도해 내는 것이 이전까지 김전우가 보유한 주무기였다. 이 싱커 덕분에 김전우는 선발진의 한 축을 맡을 수 있었다. 하지만 거기에 또 하나의 무기가 추가됐다. 바로 싱커와 함께 사용하면 위력이 배가되는 업슛이었다.

물론 김전우의 업슛은 아직 완벽하지 않았다. 업슛을 완벽하게 구사하기 위해서는 긴 시간을 두고 보완하는 것이 필요했지만, 김전우가 장착한 새 구종인 업슛에 대한 분석이 완벽하게 끝나지 않은 지금 시점에서는 불완전한 업슛도 충분히 통할 거라는 확신이 있었다.

우진이 팔짱을 낀 채로 부담감을 털어내기 위해서 마운드 위에서 크게 숨을 들이쉬는 김전우를 바라보았다. 쉽게 공을 던지지 못하고 망설이던 김전우는 경기를 속개하라는 심판의 지시를 받고서야 겨우 초구를 뿌렸다.

따악. 스트라이크를 잡기 위해서 한가운데로 던진 직구는 밋밋했고, 집중력이 최고조로 올라온 상태인 우송 선더스의 1번 타자는 그 밋밋한 직구를 놓치지 않고 매섭게 방망이를 돌렸다. 방망이 중심에 걸린 잘 맞은 타구는 3루수와 유격수 사이의 너른 공간을 빠르게 꿰뚫고 지나갔다.

무사 1루.

마무리 투수로 올라와서 던진 초구부터 안타로 연결되자,

김전우의 표정이 살짝 굳어지는 것이 보였다. 다시 마운드 위로 돌아온 김전우가 이를 악문 채 타석에 서 있는 2번 타자에게 공을 뿌렸다.

슈아악. 타자 앞으로 다가가던 공이 갑자기 위로 치솟았다. 연속 안타를 맞는 것이 두려워진 탓에 김전우는 가장 자신 있는 공이자 타자가 치기 어려운 공인 업슛을 처음부터 던진 것이었다.

'구위도 좋고, 구속도 잘 나와. 그런데……'

문제는 제구력이었다. 김전우는 우송 선더스의 2번 타자에게 연거푸 업슛을 던졌지만, 타자의 방망이는 따라 나오지 않았다. 그 이유는 공이 너무 높았기 때문이었다. 김전우의 손을 떠난 순간 벌써 스트라이크가 아니라 볼이라는 것을 알아챌 수 있을 정도로 전체적으로 공들이 너무 높았다.

3볼 노 스트라이크. 볼카운트는 순식간에 불리하게 몰렸다.

신구종인 업슛의 제구가 뜻대로 되지 않자, 초조해진 김전우는 4구째에 슬라이더를 던졌다. 그러나 한 번 흔들린 제구는 쉽게 안정을 찾지 못했다. 제구에 가장 자신이 있었던 슬라이더마저도 너무 높게 형성되며 김전우는 스트레이트 볼넷을 허용했다.

무사 1, 2루. 상황은 점점 더 심각하게 변했다. 마무리 투수라는 부담감을 쉽게 털어내지 못하고 밀랍 인형처럼 낯빛이 하얗게 질린 김전우의 표정을 확인한 우진이 결국 한숨을 내쉬었다.

"너무 간단하게 생각했나?"

김전우는 선발투수로 나설 때에도 초반 3회 이내에 급격히 무너지며 대량 실점을 하는 경우가 많았다. 거기에는 여러 가지 이유가 있었지만, 가장 큰 이유는 김전우의 멘탈이 약한 탓이 컸다.

자신의 공에 대한 확신이 없기 때문에 초반에 연속 안타를 맞거나, 수비가 실책을 범하는 경우가 발생하면 제구가 흔들리며 급격히 무너졌던 것이었다. 그럼에도 불구하고 김전우를 마무리 투수로 낙점했던 이유는 김전우가 새로 장착한 구종인 업샷 때문이었다.

업샷을 장착하면서 주무기인 싱커의 위력이 배가되는 시너지 효과가 발생하며, 김전우는 언제든지 삼진을 잡을 수 있는 능력을 갖췄다.

하지만 새로 장착한 구종인 업샷의 제구가 흔들리자, 김전우는 급격하게 흔들리고 있었다. 그리고 이제는 우송 선더스가 자랑하는 중심 타선과 상대해야 하는 만큼 더욱 부담감이 커졌을 터였다.

따악! 우진이 고민에 잠긴 사이, 타석에 들어선 3번 타자가 초구부터 기다리지 않고 방망이를 휘둘렀다. 볼넷에 대한 압박 탓에 김전우는 한가운데로 들어가는 밋밋한 슬라이더를 던졌고, 타자는 실투를 놓치지 않고 받아쳤다.

3루수와 유격수 사이를 가르는 깨끗한 좌전 안타. 짧은 안타였지만 발이 빠른 2루 주자는 망설이지 않고 3루 베이스를 돌아서 홈으로 쇄도했다. 좌익수가 캐치해서 홈으로 뿌린 공이 원 바운드로 정확히 포수의 미트로 들어갔다.

쇄애애액. 2루 주자가 헤드 퍼스트 슬라이딩을 하며 손으로 홈베이스를 터치한 것과, 포수의 태그가 이뤄진 것은 거의 동시였다.

하지만 더그아웃에서는 정확한 상황이 보이지 않았다. 우진의 시선이 심판에게 향했을 때, 심판이 커다란 동작으로 아웃을 선언하는 것이 보였다.

"하아!"

우진이 자신도 모르는 사이, 안도의 한숨을 내쉬었다.

운이 따랐다. 조금 전에 김전우의 실투가 장타가 아닌 짧은 안타로 연결된 것도, 일단 동점을 만들고 보겠다는 욕심에 2루 주자가 무리한 주루 플레이를 펼치다가 홈에서 아웃을 당한 것도, 모두 운이 따른 것이라고 할 수 있었다.

덕분에 아웃 카운트 숫자가 하나 늘었지만, 아직 위기는 끝난 것이 아니었다.

1사 1, 3루. 여전히 위기는 계속 이어지고 있었다. 그리고 운이 계속 이어지길 바라는 것은 분명히 욕심이었다.

그래서 우진이 감독석을 박차고 일어나 마운드로 걸어 나갔다.

호수비 덕분에 실점을 막아서일까? 갈피를 잡지 못하고 정처 없이 흔들리고 있던 김전우의 눈빛은 조금 안정을 되찾고 있었다. 그런 그를 향해 우진이 입을 열었다.

"수비가 도와줄 수 있는 건 한계가 있어."

"알고 있습니다."

"네 공을 믿어. 어설픈 슬라이더에 기대려 하지 말고 업슛과 싱커 위주로 던져. 제대로 긁히기만 한다면 누구도 제대로 못 받아쳐."

"정말 그럴까요?"

"내 눈을 믿어. 그게 내가 널 마무리로 낙점한 이유니까."

김전우가 힘껏 고개를 끄덕이는 것을 확인한 우진이 다시 더그아웃으로 돌아왔다. 투수 코치가 다가와 불펜 투수를 준비시킬지 물었지만, 우진은 단호하게 고개를 흔들었다.

이제 우진이 할 수 있는 것은 모두 끝났다. 만약 팀의 새로운 마무리 투수인 김전우가 부담감을 극복하지 못하고 무너진다면, 이번 경기를 내줄 수밖에 없었다.

그사이, 우송 선더스의 4번 타자인 니콜라스가 타석에 들어섰다. 큼지막한 외야 플라이 하나만 때려내도 동점이 되며 경기는 원점으로 돌아가는 상황. 지금은 맞춰 잡는 게 아니라, 삼진이 필요한 시점이었다.

부우웅. 공격적인 성향이 강한 외국인 타자답게 니콜라스는 초구부터 방망이를 크게 휘둘렀다. 타자의 무릎 근처로 들어가던 싱커는 제대로 떨어졌고, 니콜라스의 방망이는 보기 좋게 허공을 갈랐다.

2구 역시 싱커. 틱 소리를 내며 빗맞은 타구는 1루 측 파울라인을 한참 벗어났다.

노 볼 2스트라이크. 볼카운트는 투수에게 압도적으로 유리하게 변했다. 그리고 볼넷의 압박에서 벗어난 김전우의 표정도 한결 편안하게 변해 있었다.

'승부!'

우진이 깍지를 낀 손에 힘을 더했다. 지금은 유인구를 던져야 할 타이밍이 맞았다. 그러나 김전우의 제구는 여전히 불안한 상황이었다.

니콜라스의 방망이를 끌어내기 위해서 유인구를 계속 던지다가 볼카운트가 불리하게 변하게 되면, 실투를 던져서 장타를 얻어맞을 확률이 높아졌다. 그럴 바에는 차라리 니콜라스의 공격 성향을 이용해서 빠르게 승부를 가져가는 편이 옳았다.

그런 우진의 마음이 전해진 걸까? 신중하게 와인드업을 한 김전우가 던진 공이 홈플레이트 한가운데로 들어갔다.

슈아악. 니콜라스가 방망이를 힘껏 휘두른 순간, 밋밋하게 들어가던 공이 떨어지는 대신 오히려 허공으로 솟구쳤다. 두 개의 싱커를 미리 보았기에 무릎 근처에서 뚝 떨어질 것을 대비하고 있었던 니콜라스의 방망이는 홈플레이트 앞에서 갑자기 솟구친 공에 미처 대처하지 못하고 텅 빈 허공을 가르고 지나갔다.

스트라이크 아웃.

우진이 주먹을 불끈 움켜쥐었다. 또 하나의 아웃 카운트가 늘어나며 이제 연패를 끊기 위해서 필요한 아웃 카운트 숫자는 딱 하나만 남아 있었다.

하지만 아직 안심하기는 일렀다. 최근 들어 불방망이를 선보이고 있는 5번 타자 정순찬이 타석에 들어섰기 때문이었다.

'거르라고 지시할까?'

절정의 타격감을 자랑하고 있는 정순찬과 정면 승부를 지시하기에는 부담스러웠다. 그래서 우진이 망설이고 있을 때, 김전우는 기다려 주지 않고 마치 뭔가에 쫓기는 사람처럼 바로 와인드업을 했다.

'너무 서둘러!'

그 모습을 확인한 우진이 미간을 찌푸렸다. 김전우는 지나칠 정도로 서두르고 있었다. 물론 김전우가 서두르는 이유를 짐작하지 못하는 것은 아니었다.

김전우는 조금 전 리그 홈런 공동 선두를 달리고 있는 외국인 타자 니콜라스를 삼진으로 처리하며 자신의 공에 자신감이 붙었다. 그리고 그게 우연이 아니라는 것을 확인하고 싶어서 승부를 서두르고 있는 것이었다.

슈아악! 김전우가 뿌린 업슛에 정순찬의 방망이가 헛돌았다. 그리고 공이 포수의 미트를 향해 빨려 들어가는 순간, 1루 주자가 움직였다.

타다닷. 1루 주자는 초구부터 과감하게 도루를 감행했고, 벌떡 일어난 포수가 2루로 공을 뿌리려다가 멈칫했다. 2루로 공을 뿌리는 사이, 3루 주자가 홈스틸을 할지도 모른다는 걱정 때문에 포수는 결국 2루로 공을 던져보지도 못했다.

2사 2, 3루. 이제는 짧은 안타 하나면 동점이 아니라 역전까지 가능한 상황으로 바뀐 순간, 우진이 상대 팀 더그아웃의 감독석에 앉아 있는 정웅인을 바라보았다.

초조한 건 마찬가지일까? 모자를 벗었다가 다시 쓰기를 반복하고 있는 정웅인은 끝까지 경기를 뒤집기 위해 가능한 모든 작전을 쓰고 있었다.

1루가 비어 있는 상황.

정순찬을 거르도록 지시할까 고민하던 우진이 결국 작전 지시를 포기했다. 여차하면 볼넷으로 정순찬을 내보내서 1루를 채워도 되는 상황인 만큼, 고의 사구로 거르는 대신에 유인구 위주로 어렵게 승부를 가져가는 편이 낫다는 판단을 내렸기 때문이었다.

그리고 굳이 또 다른 이유를 찾자면 앞으로 한성 비글스의 뒷문을 책임지는 역할을 맡게 될 김전우에게 자신감을 심어주기 위함이었다.

'후회할 수도 있겠지.'

만약 피하지 않고 승부를 걸었다가 정순찬에게 안타를 얻어맞게 될 경우에는, 잃게 되는 것이 적지 않았다.

거의 다 잡은 경기를 내주는 것은 물론이고, 한성 비글스는 최다 연패 타이기록을 세우게 될 것이었다. 그뿐만이 아니었다. 김전우는 마무리 투수로 첫 등판한 경기에서 블론 세이브를 기록하면서 자신감을 잃어버리고 슬럼프에 빠질 가능성도 컸다.

그러나 우진은 도중에 결정을 바꾸지 않았다.

이건 도박이었다. 그리고 만약 이 도박이 성공한다면 잃는 것보다 얻는 것이 훨씬 더 많다는 계산을 마쳤기 때문이었다.

우진의 예상대로 김전우는 정면 승부를 피하고, 유인구를 연달아 던지며 정순찬을 상대했다.

스트라이크 존과는 거리가 먼 볼 두 개를 던진 김전우가 타자의 몸 쪽 무릎 근처로 들어가는 낮게 깔리는 싱커를 던졌다.

어지간한 타자라면 충분히 방망이를 내밀 정도로 위력적인 싱커였지만, 타격감이 좋은 정순찬은 도중에 방망이를 멈추었다. 포수가 1루심을 가리키며 스윙 여부를 확인했지만, 1루심이 가로로 손을 벌려서 스윙이 아니었다고 확인해 주는 것을 지켜본 우진이 아쉬운 마음에 깍지를 낀 손에 힘을 더했다.

만약 지금 공에 방망이가 따라 나갔다면 잘해야 내야 땅볼이 나왔으리라. 하지만 정순찬은 끝내 참아냈고, 3볼 1스트라이크로 타자에게 유리한 볼카운트를 만들어 냈다.

이제는 정말 정순찬을 거르고 만루 상황에서 다음 타자를 상대하리라고 여겼을 때, 김전우가 홈플레이트 한가운데로 들어가는 공을 던졌다.

슈아악.

정순찬이 놓치지 않고 힘껏 휘두른 방망이는 타자 앞에서 갑자기 솟구치는 업슛을 제대로 맞추지 못했다.

방망이 위쪽에 빗맞은 타구는 파울이 되었고, 볼카운트는 이제 풀카운트로 바뀌었다.

'승부!'

깍지를 낀 우진의 손에 다시 힘이 들어갔다. 김전우가 이번 승부를 피하지 않을 것이라는 확신이 들었다.

그리고 이번 공에 오늘 경기의 승패가 갈린다는 것을 직감적으로 알아챘다.

"업슛이 제대로 긁혀야 할 텐데!"

김전우가 정순찬에게 던질 마지막 공이 무엇일지 충분히 짐작이 갔다. 가장 자신이 있는 공인 업슛을 던질 것이 틀림없었다. 잔뜩 웅크리고 있는 정순찬을 향해 김전우가 와인드업 후 힘껏 공을 뿌렸다.

방금 전과 마찬가지로 홈플레이트 한가운데로 들어가는 공. 이미 김전우의 업슛을 경험한 정순찬은 지체하지 않고 방망이를 휘둘렀다.

마지막 순간에 공이 떠오를 것을 예상하고 휘두른 정순찬의 방망이는 날카로운 궤적을 그렸지만, 헛되이 허공을 갈랐을 뿐이었다.

김전우가 던진 마지막 공은 타자 앞에서 위로 떠오르는 대신, 아래로 푹 가라앉아 버렸기 때문이었다.

'싱커였어!'

감독석에 앉아 있었던 우진도, 타석에 들어서 있던 정순찬도 김전우에게 속았다. 김전우가 결정구로 선택한 공은 업슛이 아니라 싱커였다.

이걸로 경기가 끝났다고 생각한 순간, 김전우가 갑자기 홈으로 달려 들어오는 것이 보였다.

그리고 3루 주자도 더그아웃으로 털레털레 돌아가는 대신 무서운 속도로 홈으로 쇄도하기 시작했다.

그제야 아직 경기가 끝나지 않았다는 사실을 깨달은 우진이 두 눈을 부릅떴다. 김전우가 속인 것은 우진과 정순찬만이 아니었다.

베테랑인 포수까지 속였다.

원 바운드로 들어온 싱커를 뒤로 빠뜨린 포수가 공을 향해 쫓아 달려가서 주저앉으며 다시 잡는데 성공했다.

그리고 다시 일어날 생각도 하지 못하고, 어느새 홈플레이트 앞에 도착해 있는 김전우에게 있는 힘껏 공을 토스했다.

포수가 던진 공이 김전우의 글러브에 들어가고, 김전우가 헤드 퍼스트 슬라이딩을 하고 있는 주자의 팔에 글러브를 갖다 대며 태그를 하는 일련의 장면이 마치 슬로우 화면처럼 우진의 눈에 들어왔다.

'세이프? 아웃?'

김전우의 태그가 이뤄진 것과 3루 주자의 손이 홈베이스를 터치한 것은 거의 동시에 이뤄졌다.

육안으로는 판정이 어려울 정도였다. 우진의 시선이 자연스레 가장 가까이에서 상황을 지켜보고 있었던 주심에게로 향했다.

쉽게 판정을 내리기 어려운 건 마찬가지일까? 바로 판정을 내리지 못하고 머뭇거리던 주심이 주먹을 불끈 움켜쥔 채 아웃을 선언했다.

3루 주자가 펄쩍 뛰며 항의를 했고, 우송 선더스의 감독인 정웅인과 코칭스태프들도 몰려나와 주심을 둘러싸고 거칠게 항의하기 시작했다.

하지만 우진은 그 모습이 제대로 보이지 않았다.

대망의 1승. 주심의 아웃 선언으로 한성 비글스 팀의 감독을 맡은 이후, 마침내 첫 승을 거두었다.

자신도 모르는 사이, 불끈 움켜쥔 주먹을 흔들며 우진이 감독석에서 벌떡 일어났다.

각 팀별로 140경기를 넘게 치르는 프로야구 정규 시즌 가운데 고작 1승을 했을 뿐이었다.

그러나 같은 1승이라도 이번 승리는 감회가 남달랐다. 그리고 그것은 한성 비글스 팀의 구단주인 강균성도 마찬가지인 듯 보였다.

전혀 예상치 못했던 패배. 보약이라 여겼던 한성 비글스에게 우송 선더스가 불의의 일격을 당하자 홈팬들이 가득 들어찬 1루 측 관중석은 쥐 죽은 듯이 조용하게 변했다.

그래서 눈치도 없이 양팔을 허공으로 번쩍 들어 올린 채 펄쩍펄쩍 뛰면서 좋아하다가 따가운 눈총을 받고 있는 강균성의 모습이 더욱 도드라져 보였다.

"부럽군!"

다른 사람들의 눈치 따위는 살피지 않고 마음껏 기뻐하고 있는 강균성이 부러웠다.

솔직한 내심은 우진도 그라운드로 달려 나가서 펄쩍펄쩍 뛰면서 춤이라도 추고 싶은 심정이었다.

하지만 우진은 한성 비글스 팀의 감독이었다. 그리고 감독이 할 일은 그라운드로 달려 나가서 선수들과 한데 어울려서 기뻐하는 것이 아니라, 오늘 어렵게 승리를 쟁취한 선수들이 돌아오는 것을 맞이해 주는 것이었다.

천천히 더그아웃 앞으로 걸어 나간 우진이 손을 앞으로 내밀었다. 생애 첫 세이브를 올린 김전우가 환하게 웃으며 하이파이브를 했다.

*　　　　　*　　　　　*

흥분을 애써 가라앉히며 기자들을 상대하기 위해 찾아갔다.

우진이 감독으로 부임한 후, 첫 번째로 거둔 승리였다.

당연히 승장 인터뷰도 처음이었다.

그래서 기자들이 잔뜩 몰려와 있을 것을 기대하고 찾아갔지만, 우진의 예상은 보기 좋게 빗나갔다.

분명히 오늘 경기에서 승리를 거두었음에도 불구하고, 한성 비글스 팀이 연패를 거듭할 때에 비해서 기자들의 수는 현저히 줄어 있었다.

인터뷰를 하기 위해 들어서서 그 광경을 직접 확인한 우진이 쓴웃음을 머금었다.

'만약 오늘 경기에서 패배했다면, 그래서 한성 비글스 팀의 최다 연패 타이기록을 세웠다면 지금보다 기자들이 두 배는 몰려들었을 텐데.'

기자들은 누구보다 이슈에 민감했다. 조회 수 하나에 목숨을 걸어야 하는 기자들 입장에서 팀 최다 연패 타이기록을 세우기 직전에 승리를 거둬 버린 한성 비글스 팀은 더 이상 좋은 소재거리가 아닐 터였다.

아마 지금쯤 많은 기자들은 오늘 경기에서 아깝게 패배하며 선두를 달리고 있는 대승 원더스 추격에 비상이 걸린 패장 정웅인에게 몰려가 있을 터였다.

"감독 부임 이후에 첫 승을 거두셨습니다. 소감이 어떻습니까?"

"좋네요."

"그게 다입니까?"

"아직 실감이 안 납니다. 어쨌든 확실한 건, 경기에서 지는 것보다는 훨씬 기분이 좋군요."

"그간 연패를 거듭하시면서 부담이 무척 크셨을 것 같은데요?"

"네, 부담이 컸습니다. 너무 심심한가요? 솔직히 말하면 1승도 거두지 못하고 잘릴까 봐 노심초사했습니다."

경기에서 패하고 인터뷰에 임할 때와는 달리 기분이 무척 좋았다. 그래서 강균성의 충고를 떠올리며 기자들을 즐겁게 해주기 위해서 농담을 던지자, 기자들 사이에서 왁자지껄 웃음이 터져 나왔다. 덕분에 인터뷰장의 분위기가 한결 부드러워지자, 기자들이 본격적인 질문을 던져내기 시작했다.

"오늘 1군 데뷔 무대에서 승리투수가 된 윤경만 선수에 대해서 간단하게 소개 좀 해주시죠."

예상대로 경기에 대한 첫 질문은 오늘 깜짝 선발투수로 등판해서 승리를 챙긴 윤경만에 관한 것이었다.

"저도 잘 모릅니다."

"네?"

"솔직히 말씀드리면 윤경만이란 선수가 우리 팀에 있었다는 사실조차도 몰랐습니다."

"그게 정말이십니까?"

"윤경만 선수가 2군에서 두각을 드러내지 못했거든요. 그 정도로 우리 팀 2군에 좋은 선수들이 많다는 뜻이지요."

"그런데 왜 윤경만 선수를 오늘 선발투수로 기용하셨습니까?"

"2군 감독님의 추천이 있었습니다. 그리고 윤경만 선수가 저도 마음에 들었습니다. 배짱이 두둑했거든요. 적어도 마운드에 올라갔을 때, 떨면서 자기 공도 못 던지지는 않겠구나 하는 확신이 서서 과감하게 기용했습니다."

"윤경만 선수가 오늘 경기에서 기대 이상의 호투를 했는데. 앞으로도 선발투수로 기용하실 예정이십니까?"

"몇 번 더 기회를 줄 예정입니다."

우진의 짤막한 대답이 끝나자, 고개를 끄덕인 기자들이 다음 질문을 던졌다.

"윤경만 선수 외에도 오늘 경기에서 전혀 예상치 못했던 선수 기용을 여러 번 하셨습니다. 데뷔 이후에 쭉 선발투수로만 활약하고, 마무리 투수 경험이 전무했던 김전우 선수를 마무리 투수로 기용하셨는데. 특별한 이유가 있습니까?"

"이기기 위해서였습니다."

"무모한 도박이 아니었습니까?"

"김전우 선수는 좋은 공을 가지고 있습니다. 마무리 투수로서 성공할 자질을 갖추고 있다고 판단을 내렸기 때문에 오늘 경기에 올렸습니다."

"글쎄요. 기자들 사이에서는 연패를 탈출하기 위한 1승에 목이 말라서 무리하게 선수를 기용했다는 얘기가 나오고 있는데. 아닙니까?"

"그렇게 보일 수도 있습니다."

"인정하시는 겁니까?"

"저는 감독이고, 경기에서 승리하기 위해서 활용 가능한 모든 방법을 동원할 책임이 있습니다. 그리고 선수들이 제 기대와 믿음에 부응해 주었기 때문에 오늘 경기에서 승리할 수 있었던 겁니다."

평소와 달랐던 선수 기용에 대한 질문이 나올 거라는 예상은 이미 하고 나온 터였다.

그리고 우진의 예상대로 백병우와 장태준에 대한 질문도 쏟아졌다.

"오늘 결승 홈런을 친 백병우 선수는 홈런을 치기 전까지 출전한 1군 경기에서 11타수 무안타를 기록하고 있었습니다. 그동안 백병우 선수를 4번 타자로 고집스럽게 기용한 것에 대해서 비난의 목소리도 높았습니다. 알고 계셨습니까?"

"저도 인터넷은 합니다."

"하하. 그럼 얘기가 좀 쉽겠네요. 마음고생 좀 하셨겠습니다."

"안 했다면 거짓말이겠죠."

"만약 오늘 경기까지 백병우 선수가 부진했다면 다시 타순을 조정하거나, 2군으로 내려보낼 계획이 있으셨습니까?"

"그럴 계획은 전혀 없었습니다."

우진이 목소리에 힘을 주며 딱 잘라 말했다.

"백병우 선수의 가능성을 믿었습니다. 그래서 백병우 선수에게 내가 잘리기 전에는 절대 선발 엔트리에서 빼지 않겠다고 미리 약속했습니다."

"그 말씀은 만약 백병우 선수가 앞으로 부진해도 계속 기회를 주겠다는 뜻입니까?"

"그렇습니다만… 개인적으로는 이제 더 이상 부진의 늪에 빠지지 말고 맹활약해 주길 바라고 있습니다."

우진이 똑 부러지게 대답하자, 다른 기자가 손을 들고 질문했다.

"장태준 선수는 왜 몇 경기째 선발 라인업에서 빠진 겁니까?"

"감독인 제가 판단하기에 현재 장태준 선수는 선발로 출전하기에는 몸도 마음도 준비가 덜 된 상태이기 때문입니다."

"컨디션 난조라는 뜻입니까?"

"그렇다고 할 수 있습니다."

"백병우 선수와 포지션이 겹치기 때문이라는 소문도 있는데. 백병우 선수가 계속 선발로 나선다면 장태준 선수는 앞으로 지명타자로 기용하는 겁니까?"

"그건 좀 더 지켜봐야 할 것 같습니다."

"방금 말씀은 올 시즌에 장태준 선수를 전력 외로 분류했다고 해석해도 됩니까?"

"몸 상태가 올라온다면 다시 기용할 겁니다. 다만 지명타자로 기용할지, 대타로 기용할지는 그때 상황을 봐가며 결정할 겁니다."

잠시 술렁이던 기자들이 다시 잠잠해지자, 무테안경을 쓴 기자가 손을 번쩍 들고 질문을 던졌다.

"이제 시즌 종료까지 얼마 남지 않은 상황인데 앞으로 한성 비글스 팀의 계획은 어떻게 됩니까? 내년 시즌을 대비해서 팀을 리빌딩하는 데 주력하실 예정이십니까?"

이번 질문은 꽤나 날카로웠다. 이제 시즌 종료까지 얼마 남아 있지 않은 시점. 리그 최하위를 달리고 있는 한성 비글스 팀이 가을 야구에 출전할 수 있는 가능성은 희박했다. 아니, 전무하다고 해도 과언이 아니었다.

그런 만큼 내년 시즌을 대비해서 리빌딩을 선택하는 것이 당연한 수순이었다.

"물론 리빌딩을 계획하고 있습니다."

우진 역시 지금 이대로 팀을 꾸려서 내년 시즌을 맞이할 생각은 전혀 없었다.

　강균성의 바람대로 내년 시즌에 우승을 하기 위해서는 환골탈태에 가까운 수준으로 한성 비글스 팀을 새롭게 바꿔야 했다.

　하지만 아직 시즌을 완전히 포기한 것은 아니었다.

　기자들은 이미 잊은 듯 보였지만, 우진은 감독으로 취임할 당시에 기자회견에서 올 시즌 목표로 탈꼴찌를 선언했다.

　9위나 10위나 가을 야구에 나설 수 없는 것은 마찬가지였지만, 꼴찌인 10위로 시즌을 종료하느냐, 탈꼴찌에 성공해서 9위로 시즌을 종료하느냐는 분명히 차이가 있었다.

　특히 최근 몇 해 동안 꼴찌를 도맡고 있는 한성 비글스 팀의 입장에서는 더욱 그랬다.

　"우리가 늘 꼴찌다. 우리는 어떻게 해도 진다."

　한성 비글스 팀 선수들의 마음속 깊은 곳에 은연중에 깃들어 있는 패배 의식을 몰아내는 것이 급선무였다.

　"우리가 꼴찌가 아니다. 우리도 할 수 있다."

　뿌리 깊이 박힌 패배 의식과 저 한심한 생각들을 몰아내야만 다음 시즌에 대한 희망을 가질 수 있었다.

　"리빌딩을 진행하겠지만 시즌의 잔여 경기도 포기하지 않았습니다. 오늘 경기처럼 고춧가루 부대 역할을 톡톡히 해

볼 예정입니다. 그게 시즌 말미의 프로야구 흥행에도 도움이 될 테니까요."

우진이 나름 야심찬 계획을 밝혔지만, 그 계획을 귀담아 듣는 기자들은 아무도 없었다.

"어떤 식으로 리빌딩을 진행하실 건지 계획이 있으시면 알려주시죠."

"팀의 리빌딩을 위해서 가능한 모든 방법을 동원할 예정입니다."

"이제 트레이드 마감까지 시간이 얼마 남지 않았는데. 혹시 시즌 중 트레이드도 생각하고 계십니까?"

"물론입니다."

선수 트레이드(Trade)는 시즌 중에 팀의 전력을 상승시킬 수 있는 가장 좋은 방법 중 하나였다.

전력 보강이 시급한 한성 비글스 입장에서는 선수 트레이드를 마다할 이유가 전혀 없었다.

하지만 문제는 우진이 원한다고 해서 선수 트레이드가 바로 성사되지 않는다는 점이었다.

선수 트레이드는 굳이 비유를 하자면 물물교환과 유사했다.

자신에게 필요가 없는 물건을 건네는 대신 가장 필요한 물건을 받아오는 교환 작업.

이 과정에서 가장 중요한 것은 물물교환을 할 상대방의 의사였다.

이 세상에 손해를 보려는 사람은 없었다. 조금이라도 남는 장사를 하려는 욕심은 사람이라면 누구나 갖고 있는 법이었고, 서로의 이해득실이 맞아떨어져야지만 물물교환이 가능한 법이었다.

그래서 규정상으로는 가능했지만, 시즌 중에 선수 트레이드, 특히 대형 선수의 트레이드는 자주 일어나는 편이 아니었다.

"혹시 점찍어 둔 선수가 있습니까?"

무테안경을 쓴 기자가 던진 날카로운 질문을 들은 우진이 망설이지 않고 고개를 끄덕였다.

한성 비글스 팀의 감독을 맡기 전부터, 게임볼의 감독을 하던 당시부터 눈여겨보고 있었던 선수가 있었다.

"어느 선수인지 알려주시면 안 됩니까?"

"그건 곤란합니다. 내가 가진 패를 다 까고 카드 게임을 할 수는 없으니까요. 그리고 제 희망 사항일 뿐입니다."

"희망 사항이요?"

"현재 우리 팀에 속해 있는 선수들을 원하는 팀이 과연 있겠습니까?"

우진이 자학에 가까운 농담을 꺼내자, 기자들 사이에서

다시 웃음이 터져 나왔다.

그 웃음소리와 함께 기자회견은 슬슬 마무리 단계에 접어들었다.

"힘들게 연패에서 벗어나셨는데 또 연패에 빠지는 건 아니겠죠?"

기자가 던진 마지막 질문을 들은 우진이 힘주어 대답했다.

"우리 팀이 10연패에 빠져 있었지만, 제가 감독으로 부임한 후에는 4연패였습니다. 4연패를 했으니까 이제는 4연승에 도전해 볼 생각입니다."

한성 비글스 팀이 지긋지긋한 연패에서 어렵게 벗어났지만, 그 기사는 스포츠 신문 3면 하단에 짤막하게 소개됐을 뿐이었다.

오히려 대승 원더스와 치열하게 선두권 다툼을 벌이던 우송 선더스의 뜻밖의 패배에 대한 소식이 주를 이루었다.

그래서 우진이 밝혔던 야심찬 포부 역시 아쉽게도 기사로 나가지 않았다.

하지만 상관없었다. 말보다 행동으로 보여주면 되는 것이었으니까.

그리고 비록 우진이 밝힌 야심찬 포부는 기사 내용에 실

리지 않았지만, 기자가 관심을 갖고 있던 다른 내용들은 신
문에 실렸다.

　한성 비글스의 프랜차이즈 스타 장태준. 이대로 조용히 사라지
는가?
　2군에서도 무명인 윤경만의 1군 데뷔 깜짝 선발 승. 한성 비글
스 팀의 2군은 흙 속에 묻힌 진주들의 집합소!

　조회 수를 조금이라도 더 끌어올리기 위해서 자극적인 기
사 제목을 사용한 기사들을 대충 훑어본 우진이 다른 기사
로 시선을 돌렸다.

　치열한 선두경쟁에 찬물을 끼얹은 오심.

　요즘 들어 빈번히 일어나고 있는 심판의 오심에 대해 강하
게 비판한 기사 말미에는 정웅인의 인터뷰 내용도 곁들이고
있었다.
　"어제 경기는 심판의 명백한 오심 때문에 놓쳤습니다."
　정웅인은 어제 경기의 패배를 쉽사리 받아들이지 못하고,
심판의 오심 때문에 다 잡은 경기를 놓쳤다고 분통을 터뜨
렸다.

실제로 다양한 각도로 잡은 방송 중계 슬로우 화면으로 다시 살피자, 간발의 차로 주자의 손이 홈베이스에 닿은 것이 태그를 당한 것보다 조금 더 빨랐었다.

그렇지만 정웅인이 아무리 분통을 터뜨린다고 해도, 어제 경기의 심판 판정은 번복이 되지 않는 법이었다.

"다음 상대인 대승 원더스와의 경기에 신경 쓰지 않고, 오늘 경기를 무조건 잡는다는 각오로 나서겠습니다."

그 사실을 누구 못지않게 잘 알고 있는 정웅인은 한성 비글스 팀과의 3연전 마지막 경기에 총력전을 펼치겠다고 선언했다.

그리고 정웅인은 허언을 한 것이 아니었다. 대승 원더스와의 3연전 가운데 첫 경기에 나서도록 하기 위해서 아껴두었던 팀의 에이스인 외국인 투수 팔라스코를 오늘 경기의 선발로 내세우는 결정을 내렸다.

반면 한성 비글스 팀은 선발투수로 주영필을 내세웠다.

올해 성적은 2승 5패 7홀드, 방어율 4.24를 기록하고 있는 주영필은 선발투수가 아니라 중간 계투로 나서서 많은 이닝을 소화해 주는 롱 릴리프 역할을 주로 맡았던 투수였다.

선발투수의 이름값만 놓고 보자면, 우송 선더스의 압승이 예상되는 경기였다.

게다가 객관적인 전력에서도 우송 선더스와 한성 비글스를 비교하는 것 자체가 무리였다.

그래서 야구에 대해서 어느 정도 알고 있는 모든 사람들이 우송 선더스의 승리를 점쳤지만, 경기 결과는 모두의 예상을 빗나가게 만들었다.

갑작스럽게 등판한 팔라스코는 경기 초반 제구력 난조를 보이며 잇따라 볼넷을 허용했고, 유격수의 보이지 않는 실책을 틈탄 내야 안타까지 겹쳐서 찾아온 무사 만루의 위기에서 어제 결승 홈런을 날리며 자신감을 회복한 백병우를 넘지 못했다.

백병우는 팔라스코의 몸 쪽 직구를 힘껏 잡아당겨서 펜스를 직접 때리는 싹쓸이 2루타를 기록했다.

반면 선발 자리를 메꾸고 있던 두 명의 외국인 투수들이 동시에 2군으로 내려간 탓에, 올 시즌 처음으로 선발투수로 나선 주영필은 최고의 피칭을 했다.

요즘 유행하는 말로 인생 경기라 해도 과언이 아니었다.

6이닝 2실점. 주영필이 퀄리티 스타트를 기록하며 호투하는 동안, 타선에서는 백병우가 펄펄 날았다.

1회 싹쓸이 2루타를 시작으로 3회 투런 홈런으로 우송 선더스의 에이스인 팔라스코를 강판시켜 버렸고, 5회에도 바뀐 투수의 초구를 노려 쳐서 연타석 스리런 홈런을 날렸다.

백병우 혼자서 8타점을 올리며 북치고 장구까지 쳤고, 그 걸로 경기의 승패는 결정났다.

한성 비글스 팀의 불펜진은 의욕을 상실한 우송 선더스 타선에 1실점을 허용하긴 했지만, 대세에 지장은 없었다.

최종 스코어 8 : 3

한성 비글스는 현재 리그 2위를 달리고 있는 강팀인 우송 선더스를 상대로 위닝 시리즈(3연전 가운데 2번의 승리를 챙기는 것)를 만들어내는 데 성공했다.

무려 두 달여만에 어렵게 이뤄낸 위닝 시리즈. 그것도 강호인 우송 선더스와의 원정 경기에서 이뤄낸 값지고 달콤한 승리를 안은 채 다시 홈으로 돌아왔다.

Chapter 6

강지영은 한성 비글스 팀이 연패를 끊은 것은 물론이고, 강팀인 우송 선더스를 상대로 위닝 시리즈를 장식한 것에 대한 선물을 마련해 둔 채 기다리고 있었다. 우진이 버스에서 내리자마자 마치 납치하듯 세단에 태운 강지영은 운전기사에게 우진이 처음 들어보는 목적지를 일러주었다.

"어디로 가는 거예요?"

"두고 보면 알아요."

"안 알려줄 거죠?"

"네!"

이제는 강지영에 대해서 어느 정도 파악이 된 후였다. 이미 알려주지 않기로 마음먹은 이상, 아무리 물어도 대답해주지 않을 거라는 사실을 알고 있기에 우진은 더 캐묻는 대신 창밖으로 시선을 던졌다.

"왜 그렇게 봐요?"

옆 좌석에 앉은 강지영이 자꾸 힐끔거리는 것을 느낀 우진이 묻자, 강지영은 시선을 피하지 않았다. 오히려 동물원에 처음 와서 원숭이를 구경하는 초등학생처럼 더욱 노골적으로 바라보기 시작했다.

"왜 그렇게 보냐니까요?"

"신기해서요."

"뭐가 신기한데요?"

"우송 선더스를 상대로 두 경기나 따낼 줄은 정말 꿈에도 몰랐거든요. 대체 무슨 마법을 쓴 거예요?"

마법이라. 강지영이 던진 질문을 들은 우진이 쓰게 웃었다.

야구 경기에서 승리할 수 있게 만드는 마법을 부릴 수 있는 감독은 없었다. 그런 마법이 아예 존재하지 않기 때문이었다. 객관적인 전력에서 우송 선더스에 비해서 압도적으로 열세였던 한성 비글스가 이번 3연전에서 위닝 시리즈를 가져올 수 있었던 이유는 여러 가지가 존재했다.

선수들의 자신감 회복, 시의적절한 보직 변경, 경기에 임하는 선수들의 자세, 감독의 용병술 등등. 경기에 조금씩 영향을 미칠 수 있는 갖가지 요인들이 적당한 타이밍에 한꺼번에 맞아떨어지면서 결국 경기의 승패를 바꿔냈던 것이었다.

"그냥 운이 좋았어요."

굳이 표현하자면 기술의 영역과 운의 영역이 합쳐진 결과였다. 그러나 강지영이 알아듣기 쉽도록 우진은 운의 영역이었다고 고백했다. 그 대답이 마음에 들지 않아서일까. 입술을 삐죽이던 강지영이 다시 말했다.

"사장님이 무척 실망하고 있어요."

"왜요?"

"한성 비글스 팀과 관련된 기사들이 확 줄었거든요."

특별한 이력도 없는, 단지 게임볼이라는 야구 게임에서 한성 비글스 팀을 잘 이끌었다는 이유만으로 우진을 진짜 한성 비글스 팀의 감독으로 선임했을 때, 또 한성 비글스가 동네북으로 전락하며 최다 연패 기록을 경신하고도 남을 기세일 때만 해도 각종 스포츠 신문 1면은 한성 비글스 팀의 몫이었다.

하지만 우송 선더스와의 경기에서 연패를 끊고 나자, 마치 언제 그랬냐는 듯 한성 비글스 팀에 대한 관심은 멀어졌고, 한성 비글스 팀과 관련된 기사도 급격히 줄어들었다.

"농담이죠?"

세상 천지에 자신의 팀이 연패를 끊고 승리를 거두었는데 실망할 구단주는 없었다. 그래서 우진이 웃으며 묻자, 강지영이 정색한 채 대답했다.

"농담 아닌데."

강지영의 표정이 워낙 진지해서 어쩌면 강균성은 정말 실망했을지도 모르겠다는 생각이 들 정도였다.

"좋아하던데요."

"누가요?"

"구단주님요."

"그걸 어떻게 알아요?"

"제가 직접 봤거든요."

"……?"

"양손을 번쩍 들고서 어린아이처럼 좋아하시던데요. 그것도 우송 선더스 팀 응원석에서 눈치도 없이."

"어떻게 봤어요?"

"보지 않기도 어렵겠던데요."

우송 선더스의 패배로 인해 침통한 기색인 관중석에서 홀로 좋아서 어쩔 줄 모르는 강균성의 모습은 굳이 찾으려 애쓰지 않아도 눈에 훤히 보였다. 그제야 강지영이 표정을 풀고 입을 열었다.

"들켰네."

"숨어 있지도 않았으면서."

"어쨌든 사장님이 연패 탈출 기념으로 원하는 게 있으면 뭐든지 말씀하시라던데요."

뭘 원한다고 할까? 갑작스러운 제안을 들은 우진이 선뜻 대답하지 못하고 망설이자, 강지영이 고민을 덜어주기 위해 나섰다.

"돈 달라고 해요."

"돈요?"

"그래요, 돈. 가진 건 돈밖에 없는 양반이거든요."

"돈 좋죠."

돈이 필요했다. 물론 우진이 쓸 돈은 아니었다. 아직 미혼인 우진으로서는 지금 받고 있는 계약금과 연봉만으로도 차고 넘쳤다. 우진이 필요하다고 말한 돈은 선수를 사는데 필요한 돈이었다.

내년에 우승권에 근접한 좋은 팀을 만들기 위해서는 좋은 선수가 필요했고, 좋은 선수를 사기 위해서는 구단주인 강균성에게서 최대한 많은 돈을 뜯어내야 했다.

"속물!"

"왜요? 지영 씨가 돈 달라고 하라면서요."

"안 그런 척, 야구밖에 모르는 척하더니 은근히 돈을 밝히는 속물이었네요."

강지영의 핀잔을 듣고서 우진이 입맛을 쩝 다셨다. 하지만 기분이 나쁜 것은 아니었다. 언제 어디로 튈지 모르는 강지영과 대화를 나누다 보면, 기분이 유쾌해졌다.

"구단주님에게 곧 찾아갈 거라고 전해주세요."

"어머, 잘 몰랐는데 성격도 무지 급하네요. 돈독이 올랐을 줄이야."

"그런 거 아니거든요."

"그럼요?"

"한성 비글스 팀과 관련된 기사들이 줄어서 실망하고 계신 구단주님을 다시 기쁘게 만들어줄 계획이 있거든요."

한성 비글스 팀의 기사가 자주 올라와서 화제가 되길 바라는 강균성을 기쁘게 만들어줄 일이 있었다. 하지만 제대로 말귀를 알아듣지 못한 강지영은 고개를 갸웃거리고 있었다. 그런 그녀에게 설명을 덧붙일까 고민하는 사이, 검정색 세단이 목적지에 도착했다.

"여기가 어디예요?"

"우진 씨 새 숙소요."

"숙소?"

"일전에 나한테 했던 말, 벌써 잊은 거 아니죠?"

"무슨 말요?"

"승리를 거두기 전에는 숙소에 들어갈 수 없다고 했었잖아요. 이제 승리를 거뒀으니 숙소에 들어가도 될 것 같아서요."

강지영의 설명을 들으며 검정색 세단에서 내린 우진이 시커먼 어둠에 묻혀 있는 높은 빌딩을 바라보았다.

부띠끄샤갈.

우진도 부띠끄샤갈이란 이름은 신문 기사를 통해 접했던 적이 있었다. 국내 최고급 오피스텔 중 한 곳이라고 알려진 부띠끄샤갈은 한 달 월세만 해도 300만 원이 훌쩍 넘어갈 정도로 비쌌다.

그래서 자신과 이런 최고급 오피스텔은 절대로 어울리지 않는다고 여기고 당시에는 무심코 읽고 넘겼었는데.

우진이 높은 빌딩에서 시선을 떼지 못하고 한참을 올려다보았다. 게임볼이 자신의 인생을 이렇게까지 바꿔놓을 줄은 정말 꿈에도 예상치 못했다. 이제는 적응할 때도 됐지만, 여전히 적응이 되지 않는 건 어쩔 수 없었다.

"왜 그렇게 멍청히 서 있어요?"

"그러니까 그게……."

"오피스텔이라 싫어요?"

"……."

"역시 아파트로 할 걸 그랬나."

아파트가 아니라 오피스텔만으로도 차고 넘쳤다. 최고급 오피스텔이 너무 과하다는 생각에 잠시 우진의 말문이 막혔던 것이었다.

"들어가 봐도 돼요?"

"물론이죠. 이제 우진 씨 집이니까. 자기 집에 들어가면서 확인하고 들어가는 사람이 어디 있어요?"

"내 집 같지 않아서 그러죠."

엘리베이터를 타고 7층으로 올라갔다. 703호 앞으로 다가간 강지영이 오토록의 비밀번호를 누르자 잠금장치가 해제됐다.

"자, 들어가 봐요."

강지영이 시키는 대로 703호 안으로 들어갔던 우진이 현관 앞에서 멈추었다. 족히 서른 평은 될 정도로 오피스텔 내부는 넓었다.

'너무 다르네!'

한성 비글스의 감독이 되기 전에 우진이 살았던 원룸과는 달라도 너무 달랐다. 그래서 멈칫했던 우진이 숨을 크게 들이쉰 후, 천천히 안으로 들어갔다.

"어때요? 마음에 들어요?"

강지영의 물음에 우진이 힘차게 고개를 끄덕였다. 넓고 깔끔하게 정돈된 오피스텔은 우진의 마음에 쏙 들었다. 그중에서도 가장 마음에 드는 것은 창문을 통해서 내려다보이는 야경이었다.

"정말 마음에 들어요."

"역시 그럴 줄 알았어요. 나름대로 심혈을 기울여서 꾸민 보람이 있네요."

강지영의 말을 듣고서 우진이 오피스텔 내부를 다시 자세히 살핀 후 물었다.

"풀옵션 아니에요?"

깔끔하게 정돈되어 있는 널찍한 오피스텔 내부에는 가구와 각종 가전제품들이 놓여져 있었다. 그리고 우진은 한눈에 가구와 가전제품들이 이 오피스텔에 원래부터 구비되어 있는 옵션이라는 것을 알아챘다.

그래서 슬쩍 물으며 고개를 돌리자, 강지영이 두 눈을 흘기고 있었다.

그 매서운 눈초리를 확인하고서야 아차 싶었다. 무심코 말실수를 했다는 사실을 본능적으로 깨달은 우진이 실수를 만회하기 위해서 다시 황급히 입을 열었다.

"특히 저 꽃이 마음에 드네요."

재빨리 오피스텔 내부를 스캔하던 우진이 거실 소파 옆

탁자에 놓여 있는 꽃병 안에 꽂힌 장미를 발견했다.

꽃병 속에 꽂힌 장미까지 옵션은 아닐 터. 저 꽃이 강지영이 가져다 놓은 거라 판단한 우진이 칭찬했다. 이 칭찬으로 강지영의 마음이 조금이라도 풀리기를 바랐는데. 슬그머니 살핀 강지영의 표정은 여전히 딱딱하게 굳어져 있었다.

"옵션이에요."

"네?"

"저 꽃도 옵션이라고요."

"……?"

"생화처럼 보이지만 조화거든요."

역시 최고급 오피스텔은 뭐가 달라도 달랐다. 탁자 위에 놓인 꽃병 속의 장미까지 옵션이었을 줄이야. 적잖이 당황한 우진의 말문이 막혔을 때, 강지영이 찬바람을 일으키며 인사를 했다.

"좋은 밤 되세요. 감독님!"

"지영 씨! 왜 그래요?"

"아무것도 한 게 없는 저는 이만 물러가겠습니다."

강지영은 정말 화가 난 표정이었다. 그리고 우진이 미처 잡을 새도 없이 문을 열고 나가 버렸다. 어찌 해야 할지 몰라 망설이던 우진이 재빨리 문을 열고 나가서 엘리베이터 앞에 서 있는 강지영에게로 다가갔다.

"왜 따라 나왔어요?"

"묻고 싶은 게 있어서요."

"뭔데요?"

"비밀번호."

"비밀번호… 요?"

"가만히 생각해 보니까 오토록 비밀번호를 안 알려주고 가셨더라고요. 이따가 편의점이라도 들러야 할 것 같은데. 비밀번호를 모르면 집 안으로 들어갈 수가 없잖아요."

우진이 엘리베이터 앞까지 따라 나온 용건을 털어놓자, 살짝 풀어졌던 강지영의 입가가 다시 팽팽하게 당겨졌다. 그리고 강지영은 그 질문에 바로 대답하는 대신, 가방 속에서 스마트폰을 꺼내 뭔가를 입력했다.

띠리링. 잠시 뒤, 우진의 스마트폰으로 메시지가 도착했다는 알림음이 울렸다. 우진이 스마트폰을 확인하자, 강지영이 보낸 메시지였다.

0809

메시지 내용은 숫자 네 개가 전부였다. 이 네 자리 숫자가 오토록 비밀번호임을 알아챈 우진이 강지영에게 물었다.

"직접 알려주면 되는데, 왜 메시지를 보냈어요?"

강지영은 그 질문에 대한 대답을 해주지 않았다. 마침 도착할 엘리베이터에 냉큼 올라타고 내려가 버렸다.

"대체 왜 저러지?"

강지영은 단단히 화가 난 기색이었다. 하지만 우진으로서는 선뜻 이해가 가지 않는 반응이었다.

물론 우진도 자신이 실수를 했다는 것 정도는 알고 있었다. 하지만 그게 저렇게까지 화를 낼 만한 실수였는지 여전히 납득이 가지 않았다.

"야구보다 훨씬 더 어렵네!"

우진이 고개를 절레절레 흔들었다.

어느덧 서른을 훌쩍 넘긴 나이. 이십 년이 넘는 시간을 야구에 미쳐서 살았더니, 이제 야구에 대해서는 어느 정도 알 것 같았다. 그렇지만 여자의 마음을 헤아리는 것은 여전히 너무 어려웠다.

어쨌든 엘리베이터 앞에 계속 서 있어봐야 강지영이 다시 돌아올 것 같지 않았다. 그리고 강지영이 저렇게 화를 내는 이유를 알 수 있을 것 같지도 않았기에 우진이 몸을 돌려 703호 앞으로 다가갔다.

어쩌면 강지영이 화가 나서 틀린 비밀번호를 가르쳐 주고 떠났을지도 모르겠다고 걱정했던 것은 기우였다. 0809를 입력하자 잠금장치는 해제됐다.

아직은 오피스텔이 낯설었다. 그래서 우두커니 서 있던 우진이 냉장고 앞으로 다가갔다. 혹시나 하는 기대를 품은 채 냉장고 문을 열자, 캔맥주와 각종 제철 과일들로 냉장고 안이 가득 채워져 있는 것이 보였다.

"편의점에 갈 수고는 덜었네."

시원한 캔맥주를 꺼내서 한 모금 마시며 우진이 중얼거렸다.

"설마 이것도 옵션인가?"

이 오피스텔이 아무리 최고급이라고 해도 냉장고 안에 캔맥주와 과일까지 옵션으로 채워두었을 리 없었다. 이건 강지영의 작품이 틀림없었다.

원래라면 강지영과 함께 마주앉아서 마셨어야 했을 캔맥주를 소파에 앉아서 혼자 홀짝거리던 우진이 꽃병 속에 꽂혀 있는 장미에 코를 갖다 댔다. 마치 기다렸다는 듯이 장미 특유의 은은한 향기가 콧속으로 파고들었다.

"요즘 조화에서는 향도 나는 건가?"

그럴 리가 없었다. 조금 전에 강지영은 거짓말을 했다. 굳이 손으로 만져보지 않아도, 이 장미가 조화가 아니라 생화라는 것은 알 수 있었다.

시원한 캔맥주를 절반쯤 들이켜고 나자, 경기로 인해 복잡했던 머릿속이 정리가 되었다. 그리고 그제야 강지영의 세심한 배려들이 눈에 들어오기 시작했다.

꽃병에 꽂힌 파란색 장미는 직접 꽃집에 들러서 샀을 것이고, 마트에 홀로 찾아가서 냉장고를 가득 채울 과일과 캔 맥주를 카트에 담았을 것이고, 빨간 머플러를 걸친 곰이 박혀 있는 두 개의 머그컵도 강지영이 고심 끝에 골랐을 터였다.

오피스텔 곳곳에 남아 있는 강지영의 세심한 배려의 흔적을 뒤늦게 발견한 우진은 순간 뒤통수로 둔기를 얻어맞은 것처럼 충격을 받았다.

야구도 마찬가지였다. 게임볼의 감독을 맡아 팀을 이끌면서 야구에 대해서 어느 정도 알게 된 터라, 큰 그림을 그리는 것에는 익숙해졌다. 하지만 늘 뭔가 부족하다는 느낌을 받았었다. 그러나 그 부족함의 정체를 알지 못해서 늘 답답했는데,

이 일을 계기로 그 부족했던 부분을 알 수 있었다. 바로 세심한 배려였다.

게임볼이 아무리 실제 야구 게임과 유사하게 만들었다고 해도, 결국 게임이었다. 게임볼 속에서 우진의 지시를 받아서 경기를 하고 있는 선수들은 사람이 아니라 게임 속 캐릭터일 뿐이었다.

가족도 없고, 욕심도 없고, 자신의 미래에 대한 깊은 고민도 없는 게임 속 캐릭터들. 하지만 지금 우진이 감독을 맡고 있는 한성 비글스 팀의 선수들은 게임 속 캐릭터가 아니라

실제 사람이었다.

부양해야 할 가족이 있고, 연봉과 타이틀에 욕심이 있고, 경쟁에서 밀려서 자신의 포지션을 잃게 될까봐 두려워하는 것이 바로 선수들이었다. 우진이 지금껏 놓치고 있었던 것은 바로 그 부분이었다.

"사과해야겠네."

창문을 통해 내려다보이는 야경은 기가 막힐 정도로 멋졌다. 그러나 야경은 더 이상 눈에 들어오지 않았다.

개미처럼 보일 정도로 작은 사람들이, 그리고 그 사람들이 살아가고 있는 각자의 인생이, 우진의 눈에 조금씩 들어오기 시작했다.

Chapter 7

여느 때와 다름없이 세단 뒷좌석에 나란히 앉았지만, 평소와 달리 대화는 전혀 없었다. 냉랭한 분위기가 감돌고 있는 차 안에 앉아 있으니 무척 불편했다. 오죽했으면 콩나물 시루 같은 만원 버스를 타고 가는 편이 비록 몸은 힘들겠지만 마음은 훨씬 편하겠다는 생각이 들었을 정도였다.

'사과할까?'

마음 같아서는 당장에라도 사과를 하고 싶었다. 그렇지만 단단히 화가 난 강지영을 곁눈질로 살피고 나서, 우진은 마음을 바꾸었다.

사과에도 방법과 타이밍이라는 게 존재했다. 지금 우진이 몇 마디 말로 사과한다고 해서 강지영의 잔뜩 얼어붙어 버린 마음이 봄 햇살에 눈 녹듯이 풀릴 것 같지 않았다.

차라리 지금은 불편함을 감수하고, 사과를 하기에 적당한 시기가 찾아오길 기다리는 편이 나았다.

다행히 얼마 지나지 않아 검정색 세단이 목적지에 도착했다. 우진이 구단주실로 들어가자 강균성이 환한 미소를 지으며 반겨주었다.

"어서 오게. 자, 앉게."

강균성이 권하는 대로 소파에 앉으며, 미리 구단주실에 도착해 있던 스카우트 팀장인 윤제균과 가볍게 눈인사를 나누었다.

"차는 뭘로 할 텐가?"

"차는 됐습니다."

"왜?"

"아무래도 차를 얻어 마시기 힘들 것 같아서요."

강지영이 아까부터 도끼눈을 뜨고 노려보고 있었다. 그래서 우진이 쓰게 웃으며 대답하자, 강균성도 눈치 빠르게 두 사람 사이의 냉랭한 분위기를 알아채고 작은 목소리로 물었다.

"혹시 싸웠나?"

"싸웠다기보다는… 제가 실수를 좀 했습니다."

"잘 좀 하지 그랬나?"

"……."

"그래도 부럽구만. 사랑싸움도 하고."

직접 겪어보시면 절대 부럽지 않을 거라고 말하려다가 그만두고 잠자코 있자, 강균성이 한쪽 눈을 찡긋거리며 물었다.

"내가 좀 도와줄까?"

"실은 하나 묻고 싶은 게 있습니다."

"뭔가?"

"혹시 0809가 뭔지 아십니까?"

"0809?"

막상 강균성에게 질문은 던지긴 했지만 너무 막연한 질문이라는 생각이 들었다. 그래서 별 기대를 하지 않고 있을 때, 강균성이 구석에 서 있는 강지영에게 지시했다.

"여기 시원한 냉커피 한 잔만 가져다줘. 우리 한성 비글스 팀의 감독님이 속이 바싹바싹 타 들어간다는구만."

"제가 언제……."

"목말라서 사람 죽기 전에 얼른!"

강균성이 재촉하고 나서야 강지영이 마지못한 표정으로 움직였다. 물론 순순히 움직인 것은 아니었다.

"한성 비글스 팀의 감독님은 참 용감하시네요."

"뭔 소리야?"

"독을 탈 수도 있으니까 조심하라고 전해주세요."

강지영은 우진의 심장이 철렁 내려앉을 정도로 섬뜩한 말을 아무렇지도 않게 내뱉고 나서야 냉커피를 타기 위해서 구단주실을 빠져나갔다. 그리고 강지영이 사라지고 나서야, 강균성이 한쪽 눈을 찡긋거리며 아까 질문에 대한 답을 해주었다.

"0809가 뭔지 알려줄까?"

"알고 계십니까?"

"생일이네."

"생일이요?"

"그래, 강 비서 생일이지. 일전에 깜박하고 지나갔다가 호되게 당했던 터라 내가 똑똑히 기억하고 있지. 그런데 그건 왜 묻나?"

"그게… 오피스텔 잠금장치 비밀번호라서요."

"호오, 그래? 연봉 좀 올려줄까?"

"네?"

"보아하니 자네에게 제대로 생일을 챙겨달라는 뜻인 것 같은데. 우리 강 비서 수준에 맞는 가방이라도 하나 사려면 돈이 꽤 많이 들걸."

뭐가 그리 재밌는지 히죽거리며 웃던 강균성은 윤제균의 따가운 시선을 느끼고서 바로 정색했다.

　"그런데 왜 보자고 한 건가? 겨우 그딴 걸 물으려고 여기까지 찾아온 건가?"

　"물론 그건 아닙니다."

　0809라는 번호가 갖고 있는 의미에 대해서 강균성에게 묻고 싶어서 찾아온 것은 맞았다. 하지만 진짜 목적은 따로 있었다.

　"그래, 스카우트 팀장까지 불러놓고서 내게 할 말이 뭔가?"

　"구단주님이 실망하고 계시다고 하더군요."

　"누가? 내가?"

　"지영 씨가 그러더군요. 요새 한성 비글스와 관련된 기사가 많이 줄어서 구단주님이 무척 실망하고 계시다고."

　우진이 설명을 덧붙이자, 강균성이 웃으며 고개를 끄덕였다.

　"거의 매일 스포츠 신문 1면을 독차지하다가 갑자기 조용해지면서 기사들이 싹 사라지니까 서운하긴 하더군."

　"그래서 구단주님을 다시 기쁘게 해드리려고 찾아왔습니다."

　"응? 그게 무슨 소린가?"

"트레이드를 할 생각입니다."

"트레이드?"

"기자들이 좋아할 만한 대형 트레이드를 해볼 생각입니다."

우진이 본론을 꺼내놓자, 강균성이 본격적으로 흥미를 드러내기 시작했다. 꿔다놓은 보릿자루처럼 소파에 덩그러니 앉아서 방관자 모드를 발동하고 있던 윤제균도 두 눈을 빛내며 대화에 끼어들었다.

"감독님, 누구를 영입할 생각이십니까?"

"당연히 우리 팀에 가장 필요한 선수입니다."

"투수를 영입하실 겁니까?"

우진의 말이 끝나자마자, 윤제균이 재차 물었다. 한성 비글스 팀의 스카우트 팀장인 윤제균의 관점에서 현재 가장 필요한 선수는 투수라고 판단한 것이었다. 하지만 우진은 고개를 흔들었다.

"투수는 아닙니다."

"하지만 지금 한성 비글스에 가장 필요한 것은……."

"투수라는 것은 부인할 수 없는 사실입니다. 그렇지만 그저 그런 투수가 아니라 좋은 투수입니다."

"……?"

"윤 팀장님 생각에 지금 시점에 좋은 투수를 트레이드 시장에 내놓을 팀이 있을 것 같습니까?"

"그야… 없겠죠."

야구는 투수 놀음이란 속설이 있다. 그만큼 투수가 중요하다는 뜻이었다. 그렇게 중요한 좋은 투수를 시즌 중에 열리는 트레이드 시장에서 구하는 것은 하늘의 별 따기나 마찬가지였다.

가을 야구를 목표로 치열하게 순위 다툼을 하고 있는 상위권 팀들은 트레이드 시장에 투수를 내놓을 리 없었고, 가을 야구와 멀어진 하위권 팀들도 좀 더 나은 내년 시즌을 위해서 좋은 투수를 시장에 내놓을 가능성은 극히 낮았다.

"투수가 아니면 야수인가?"

윤제균을 대신해서 이번에는 강균성이 나섰다. 우진이 고개를 끄덕이자, 강균성이 재차 물었다.

"포지션은?"

"구단주님이 보시기에 우리 팀에서 가장 취약한 포지션이 어디라고 생각하십니까?"

"포수가 아닐까? 타율도 낮지만, 도루 저지율이 워낙 떨어지는 편이니까. 아, 3루 쪽도 문제가 많지. 실책도 많고 송구 능력도 형편없으니까. 가만, 외야 쪽도 문제가 많기는 마찬가지 아닌가? 호수비까지는 바라지도 않아. 평범한 플라이조차 제대로 잡지 못하고 떨어뜨리는 경우가 부지기수니 더 말할 필요도 없지. 아닌가? 그래도 외야 쪽보다는 유격수가 더 큰 문제인가? 이거야 원, 워낙 총체적인 난국이라서 어디 하나라고 콕 집어서 대답하기도 난감하군."

강균성이 대답하다 말고 답답한 한숨을 내쉬며 탄식하는 것을 듣던 우진도 부인하지 않고 희미하게 고개를 끄덕였다. 지금의 한성 비글스 팀은 약점이 어디라고 콕 집어서 말하기조차 어려울 정도로 총체적으로 부실했다.

"유격수입니다."

우진이 이 난제의 해답을 알려주었다. 그리고 강균성이나 윤제균도 부정하지 못하고 우진이 내놓은 해답에 수긍했다.

유격수의 중요성에 대해서는 굳이 설명을 할 필요도 없었다. 유격수라는 수비 포지션은 경기 중에 타구가 가장 많이 오는 자리였고, 내야수들 가운데 가장 넓은 수비 범위를 커버해야 했다.

그래서 좋은 유격수가 갖춰야 할 자질은 우선 발이 빨라서 수비 범위가 넓어야 하고, 어깨가 강해서 송구 능력도 뛰어나야 하며, 돌발 상황에 대비할 수 있는 야구 센스도 가지고 있어야 했다. 거기에 더해서 좋은 타격 능력까지 갖추고 있다면 금상첨화라 할 수 있었다.

"유격수는 내야 수비의 꽃이라 불리는 포지션입니다. 즉, 좋은 유격수를 보유해야만 내야 수비의 안정을 이룰 수 있다는 뜻입니다. 지금 한성 비글스 팀의 내야 수비가 흔들리고 있는 이유는 여러 가지가 있겠지만, 가장 큰 이유는 역시 유격수의 수비 능력이 떨어지기 때문입니다."

현재 한성 비글스 팀의 유격수 포지션을 맡고 있는 선수는 장기형이었다. 유격수이자 2번 타순을 맡고 있는 장기형은 타격에 대한 재능도 있었고, 작전 수행 능력도 뛰어난 편인만큼 2번 타순에 적합한 선수였다.

그러나 문제는 수비였다. 올 시즌 100여 게임을 치르는 동안, 장기형이 기록한 실책의 개수는 무려 57개였다. 이 페이스대로라면 시즌이 끝났을 때, 60개가 넘는 실책을 기록할 것이 틀림없었다.

상위권 팀의 유격수들이 한 시즌 동안 저지르는 실책의 개수가 20개 미만이라는 점을 감안하면 엄청난 차이였다. 그리고 눈에 보이는 실책이 다가 아니었다. 눈에 보이지 않는 실책까지 감안한다면 실책 수는 훨씬 늘어날 터였고, 수비 범위도 타 팀의 유격수들에 비하면 좁은 편이었다.

"우리 팀에 좋은 유격수가 필요하긴 하지. 근데 말이야, 어느 팀이 좋은 유격수를 트레이드 시장에 내놓을까?"

조금 전에 트레이드 시장에서 좋은 투수를 구하는 건 하늘의 별 따기만큼 어렵다고 했지만, 그건 유격수도 마찬가지였다. 수비의 꽃이자 내야 수비의 핵심인 좋은 유격수를 구하는 것은 그만큼 어려웠고, 선뜻 트레이드 시장에 내놓을 팀은 없었다. 그런 의미에서 강균성의 지적은 아주 타당했지만, 우진은 이미 그에 대한 답을 가지고 찾아왔다.

"유격수가 아닌 선수를 데리고 오면 됩니다."

"그게 무슨 말인가?"

"말 그대로입니다. 예전에는 유격수였지만 지금은 유격수로 뛰지 않는 선수를 데려올 예정입니다."

우진이 복안을 밝혔지만, 강균성은 아직 만족한 기색이 아니었다. 마침내 인내심이 바닥난 강균성이 언성을 높였다.

"그 선수가 대체 누군가?"

강균성은 성격이 급한 편이었다. 당장 대답해 주지 않으면 숨이 넘어가지 않을까 걱정이 될 정도였기에, 우진이 더 감추지 않고 대답했다.

"청우 로얄스의 채승범 선수입니다."

"채승범?"

"방금 채승범 선수라고 하셨습니까?"

우진이 염두에 두고 있던 선수의 이름을 꺼내놓자, 강균성과 윤제균 두 사람 모두 의외라는 표정을 감추지 않았다. 하지만 의미는 조금 달랐다.

"채승범이면 좋은 선수지. 나도 영입했었어."

"한물간 선수 아닙니까?"

강균성과 윤제균의 반응은 엇갈렸다. 그리고 그 이유는 두 사람의 입장 차 때문이었다. 강균성은 구단주인만큼, 정확한 현장에 대한 정보까지는 알지 못했다.

반면에 윤제균은 한성 비글스 팀의 스카우트 팀장답게 지금 현재 프로야구 팀에 등록되어 있는 모든 선수에 대한 정보를 꿰뚫고 있었다.

"채승범이 한물갔다고? 내가 2년 전에 FA로 풀리자마자 20억이나 주고 우리 팀에 영입했었는데."

"너무 과한 투자셨습니다."

"먹튀에게 또 속았나? 이러니 돈지랄을 한다고 게이머들한테 욕을 먹지."

분한 듯 콧김을 씩씩 내뿜던 강균성이 짜증 섞인 목소리로 물었다.

"언제부터 맛이 갔어?"

"작년부터 내리막을 걷기 시작했습니다."

"작년?"

"작년 후반기부터 원래 포지션이었던 유격수 자리를 팀의 후배인 정진호에게 내주고, 올 시즌부터는 3루수를 맡고 있습니다. 하지만 지금은 그나마도 경쟁에서 밀려 경기 출전 횟수가 점점 줄어들고 있습니다."

"왜 갑자기 그렇게 됐지? 리그 최고의 유격수 중 한 명이라고 알려졌었잖아. 부상이라도 당했나?"

"부상설도 있습니다."

각 팀의 선수를 정확히 파악하는 것이 직업답게 윤제균의 설명은 정확했다. 우진 역시 채승범을 오랫동안 주시하고 있었다. 사실 게임볼에서 한성 비글스 팀의 감독을 맡은 후에, 우진이 가장 영입하고 싶었던 선수 가운데 한 명이 바로 채승범이었다.

물론 채승범을 영입하는 데는 실패했다. 그 이유는 바로 눈앞에 앉아 있는 강균성 때문이었다. 돈지랄이란 아이디를 쓰는 강균성을 상대로 돈으로 이길 수는 없는 노릇이었다.

어쨌든 우진이 오랫동안 공을 들여 주시하며 정보를 수집한 결과에 의하면, 채승범은 부상을 입었다. 채승범의 소속 팀인 청우 로얄스에서는 쉬쉬하고 있었지만, 채승범이 입은 부상은 결코 평범한 것이 아니었다.

"최근 들어서 주전 경쟁에서 밀렸다고 해도 채승범은 골든글러브를 세 차례나 수상한 베테랑입니다. 순순히 내줄까요?"

"내놓도록 해야지요."

"……?"

"채승범 선수 못지않은 트레이드 카드를 내놓으면 됩니다."

비록 전성기가 지났다고 알려져 있긴 해도 채승범은 수비가 불안한 팀들에게는 여전히 매력적인 카드였다. 그런 만큼 윤제균의 걱정은 기우가 아니었다. 그래서 우진이 덧붙이자마자, 윤제균이 고개를 갸웃거리며 다시 물었다.

"우리 팀에 그런 매력적인 선수가 있습니까?"

그 질문을 들은 우진이 쓴웃음을 지었다. 참담하긴 하지만 이게 한성 비글스 팀의 현실이었다.

"군침을 흘릴 만한 선수는 손에 꼽을 정도지요."

"제 말이 바로 그겁니다. 그렇다고 해서 팀의 에이스인 현식이나 팀의 주장이자 4번 타자인 태준이를 내놓을 수는 없는 노릇 아닙니까?"

"시즌 중에 트레이드가 왜 잘 성사되지 않는지 아십니까?"

"그거야 서로가 원하는 선수가 달라서……."

"다들 윤 팀장님과 비슷한 생각을 갖고 있기 때문입니다."

FA(Free Agent) 선수 영입과 함께 선수 트레이드는 선수 수급을 통한 전력 상승에 가장 좋은 제도였다. 그렇지만 선수 트레이드는 활발하게 이뤄지지 않았다. 여러 가지 이유가 있었지만, 가장 큰 이유는 서로 손해를 보려 하지 않았기 때문이었다.

"약간 손해를 본다는 생각으로 접근하면 해법이 있을 겁니다."

"그럼 채승범 선수보다 나은 선수를 트레이드 카드로 제

시한다는 건데. 설마……?"

트레이드 카드로 어울릴 한성 비글스 팀의 선수들 면면을 떠올리며 고심하던 윤제균이 도중에 입을 다물고 우진을 바라보았다.

"맞습니다. 우리 측 카드는 장태준 선수입니다."

"하지만 태준이는…….."

"팀의 주장이고 4번 타자죠. 아니, 4번 타자였죠. 주전 경쟁에서 밀린 것은 마찬가지 아닙니까?"

설마 했던 것이 현실로 닥치자, 윤제균은 경악한 표정을 지었다. 그리고 놀란 것은 강균성도 마찬가지였다.

"지금 농담하는 건 아니겠지?"

"구단주님을 상대로 농담을 할 정도로 제가 간이 크진 않습니다."

"장태준이를 트레이드 카드로 내놓는다?"

강균성이 손으로 턱을 어루만지며 고민에 잠겼다. 그런 그를 살피며 윤제균은 안절부절못했다.

절대 안 된다고 당장 소리치고 싶은 것을 간신히 꾹꾹 참아내고 있는 것처럼 보였다.

"자넨 어떻게 생각하나?"

마침내 발언권이 돌아오자, 윤제균은 기다렸다는 듯 반대 의견을 피력했다.

"절대로 안 됩니다."

"왜 안 된다는 건가?"

"무조건 우리가 손해입니다."

"우리가 손해라. 내 생각엔 그리 손해일 것 같지 않은데. 장태준이 4억이나 되는 비싼 몸값을 하는 선수는 아니잖아?"

"올 시즌에 조금 부진하긴 했지만, 태준이는 팀의 4번 타자로서 꾸준히 활약을 해왔습니다. 그리고 이제 막 선수로서 전성기에 진입하는 나이입니다. 반면에 채승범 선수는 이미 선수로서의 전성기가 지났습니다. 태준이와 일대일 트레이드를 하게 될 경우에는 무조건 손해입니다."

윤제균이 침까지 튀겨가며 열변을 토해내자, 강균성이 마음이 흔들린 듯 우진을 바라보며 물었다.

"그렇다는데?"

"절대 손해가 아닙니다."

"이유는?"

"장태준 선수를 대체할 선수는 있습니다. 포지션이 겹치는 백병우가 있죠. 하지만 채승범을 대체할 선수는 우리 팀에 없습니다. 그것만으로도 손해가 아니죠."

"듣고 보니 그 말도 그럴듯하군!"

강균성이 다시 손으로 턱을 어루만지며 장고에 잠겼다. 과연 어느 쪽 손을 들어줄까? 우진과 윤제균이 긴장한 채 기다리고 있을 때, 강균성이 마침내 결정을 내렸다.

"난 장태준이 예전부터 별로 마음에 안 들었어. 자네 뜻대로 해."

"감사합니다."

"구단주님!"

윤제균이 망연자실한 표정을 짓고 있었지만, 강균성은 더 고민하기 싫다는 듯 손사래를 치며 덧붙였다.

"난 예전에 노 감독에게 전권을 줬어. 자넨 잘 모르겠지만, 난 허수아비나 다름없는 신세라고."

강균성을 설득하는 것이 불가능하다는 사실을 깨달은 윤제균은 재빨리 설득할 대상을 바꾸었다.

"감독님, 오늘이 며칠인지 아십니까?"

"오늘요? 8월 7일입니다."

"잘 알고 계시네요. 그럼 트레이드 마감일이 언제인지도 아십니까?"

"8월 9일까지로 알고 있습니다."

"맞습니다. 트레이드 마감일까지 겨우 이틀 남은 시점에서 아무런 사전 조율도 없이 갑자기 트레이드가 이뤄질 수 있겠습니까? 무리하게 트레이드를 추진하다 보면 급한 쪽이 손해를 보게 마련입니다."

윤제균의 말은 일리가 있었다. 그러나 우진도 할 말이 있었다.

"운은 벌써 떼어두었습니다."

"운을 떼어두었다고요?"

"네."

"혹시 청우 로얄스 프런트에 지인이 있습니까?"

"없습니다."

"그럼 대체 언제요?"

"혹시 어제 기사 못 보셨습니까?"

윤제균이 기억을 더듬고 있는 사이, 한성 비글스 팀과 관련된 기사라면 하나도 놓치지 않고 살피는 강균성이 재빨리 끼어들었다.

"그 인터뷰를 말하는 건가?"

"맞습니다."

"난 그냥 기자들을 즐겁게 만들어주려고 했던 인터뷰인 줄 알았더니, 그게 다가 아니었던가 보군."

우진이 어제 승장 인터뷰에서 강경한 어조로 여러 가지 이야기를 꺼낸 것은 단지 기자들을 즐겁게 만들어주기 위함이 아니었다. 트레이드를 염두에 두고 미리 포석을 깔아둔 것이었다.

"자네, 보기보다 음흉한 구석이 있군."

"죄송합니다."

"아니, 내게 죄송할 건 없네. 오히려 자네에게 이런 면이 있다는 사실이 더욱 마음에 드니까. 자, 이제 말해보게. 어차피 전권을 준 상황에서 내게 트레이드에 대한 허락을 득하려고 찾아온 것은 아니지 않나? 내게 부탁할 게 뭔가?"

강균성은 역시 눈치가 빨랐다. 그래서 우진도 더 망설이지 않고 구단주실로 찾아온 진짜 목적을 꺼냈다.

"지원사격을 해주십시오."

"지원사격?"

"제가 미리 운을 떼어놓았으니까 이제 협상을 시작할 순서입니다."

"자네 말이 맞아. 다시 한성 비글스 팀의 기사가 1면을 장식하겠군."

이 정도 설명으로 충분했다. 우진이 원하는 지원사격이 무엇인지 재빠르게 눈치채고 희미하게 웃던 강균성이 곧 표정을 굳히고 귓속말을 건넸다.

"그런데 트레이드보다 당장 더 급한 일이 있군."

"네?"

"우리 강 비서 표정이 얼음장처럼 싸늘하게 굳어 있는데."

아까 부탁했던 얼음이 동동 뜬 냉커피를 준비해서 구단주실로 들어온 강지영의 눈빛은 북풍한설처럼 차가웠다. 그 매

서운 눈빛을 마주하고 우진이 움찔할 때, 강지영이 냉커피를
탁 소리가 나게 내려놓았다.

"왜 이렇게 오래 걸렸어?"

"찬물에는 잘 안 녹아서요."

"응? 뭐가?"

"독이요."

나른한 목소리로 섬뜩한 이야기를 꺼낸 강지영이 우진을
노려보며 한마디를 덧붙였다.

"자, 얼른 마셔요."

Chapter 8

냉커피를 한 모금 마시던 송연철이 슬쩍 미간을 찌푸렸다.

커피 셋, 프림 둘, 설탕 둘.

평소와 다를 바가 전혀 없이 커피를 탔는데, 오늘따라 커피가 유난히 썼다. 그 이유에 대해 곰곰이 생각하던 송연철은 기분 탓이라는 사실을 깨달았다.

현재 리그 선두를 달리고 있는 대승 원더스와의 3연전. 송연철이 감독을 맡고 있는 청우 로얄스 입장에서는 올 시즌 농사를 좌지우지할 수 있는 중요한 3연전이었다.

내심 3연전을 모두 따내는 스윕 시리즈를 기대했지만, 대승 원더스가 워낙 강팀인만큼 실질적인 목표는 2승 1패로 위닝 시리즈를 가져와 4위를 달리고 있는 여울 데블스와의 격차를 좁히는 것이었다. 하지만 경기 결과는 참담했다.

청우 로얄스는 대승 원더스와의 3연전을 모두 내줬고, 그 결과 5위에서 6위로 순위가 한 단계 하락했다. 특히 대승 원더스와의 3연전 가운데 마지막 경기가 치명타였다.

앞선 두 경기를 내준 것에 대한 분풀이라도 하듯 경기 초반에 타선이 폭발하며 청우 로얄스는 9─1까지 앞섰다. 하지만 선발과 불펜이 동시에 무너지며 무려 8점 차의 리드를 지키지 못하고, 9─11로 역전패를 당했다.

"올 시즌은 거의 끝났군!"

청우 로얄스를 이끄는 송연철의 올 시즌 목표는 가을 야구에 참가하는 것이었다. 시즌이 시작되기 전에 전문가들도 청우 로얄스를 4위로 예상했고, 송연철도 자신이 있었다.

하지만 결국 가을 야구에 나서겠다는 목표가 점점 가물가물해지는 이유는 허약한 투수진 때문이었다.

8점 차의 리드조차 지키지 못하는 허약한 투수진을 개편하기 전에는 올 시즌은 물론이고, 내년 시즌에도 가을 야구를 장담할 수 없었다.

"무슨 수를 내긴 내야 하는데!"

송연철은 청우 로얄스 팀의 감독으로 부임하며 3년 계약을 맺었다. 그리고 내년이 계약이 만료되는 시점. 그전에 가을 야구에 진출하는 가시적인 성과를 올리는 것이 필요했지만, 지금 투수진으로서는 마땅한 해답을 찾을 수가 없었다.

쓰디쓴 커피를 다시 한 모금 마신 송연철이 호텔 탁자 위에 올려져 있는 스포츠 신문을 집어 들었다. 경기에서 승리했을 때 읽는 스포츠 신문은 달콤했지만, 중요한 경기에서 패하고 읽는 스포츠 신문은 한약을 마시는 것만큼이나 썼다.

예상대로 스포츠 신문은 대승 원더스와 청우 로얄스의 3연전 마지막 경기로 1면을 장식하고 있었다.

─원더 보이들이 만들어낸 기적의 역전승!

"제목 뽑아놓은 꼬라지하고는!"

송연철이 혀를 끌끌 찼다. 어제 경기는 대승 원더스 선수들이 잘해서 역전승을 거둔 것이 아니었다. 청우 로얄스 선수들이 자멸했다고 표현하는 편이 옳았다.

기분이 상해서 기사 내용을 제대로 읽지도 않고 지면을 넘겨 버린 송연철이 다른 팀들에 대한 기사를 대충 훑어보다가, 하나의 기사 위에 시선을 고정시켰다.

현재 리그 최하위를 달리고 있는 한성 비글스 팀이 리그 2위를 달리던 우송 선더스와의 3연전에서 위닝 시리즈를 가져가는 예상외의 결과를 거두었다고 기사는 전하고 있었다. 하지만 송연철이 관심을 가진 것은 경기 결과가 아니었다.

한성 비글스 팀의 신임 감독인 노우진의 인터뷰에서 송연철은 청우 로얄스의 문제점을 해결할 수 있는 힌트를 찾을 수 있었다.

"내일 경기의 선발 엔트리를 조정해야겠군!"

송연철이 남은 커피를 마저 마신 후, 서둘러 내일 한성 비글스와의 경기를 준비하기 시작했다.

이지승이 믹스 커피가 담긴 종이컵을 노우진의 앞에 내려놓았다.

"요즘 젊은 사람들은 아메리카노인가 뭔가를 자주 마신다지만 내 입에는 안 맞더라고. 내 입에는 달달한 믹스 커피가 맞아."

"저도 옛날 사람인가 봅니다. 믹스 커피가 제일 좋은 걸 보니."

연패를 끊어서일까? 종이컵을 들어 올리고 맛있게 한 모금 마시는 노우진의 표정은 밝았다. 감독 경험이 풍부하기에 자신이 이끄는 팀이 연패에 빠지는 것이 얼마나 고통스러운

지 누구보다 이지승이 잘 알고 있었다.

"표정이 밝아서 좋구나."

"야구를 하고 있으니까요."

달달한 믹스 커피의 향을 음미하던 이지승이 희미한 미소를 머금었다. 노우진이 방금 꺼낸 말에는 '가장 좋아하는'이라는 두 단어가 빠져 있었다.

"감독님도 훨씬 좋아 보이시는데요."

"그래?"

"네."

"나도 야구를 하고 있으니까."

야구는 마약과 같았다. 평생 야구를 해왔던 이지승에게 야구를 배제하고 살아가던 삶은 물 없는 곳에서 살아가는 물고기의 삶과 다를 바 없었다. 그저 하루하루 죽어가고 있었을 뿐이었다.

어떤 자리인가는 중요치 않았다. 다시 가장 좋아하는 야구를 할 수 있게 되었다는 사실만으로도 충분히 좋았다. 게다가 한성 비글스 팀의 2군 감독 자리는 이지승에게 몸에 딱 맞는 옷이나 마찬가지였다.

2군 감독을 맡아달라며 찾아왔던 노우진이 꺼냈던 이야기는 모두 사실이었다. 한성 비글스 팀의 2군에는 아직 재능을 꽃피우지는 못했지만 가능성과 잠재력이 무궁무진한 선수들이 수두룩했다. 이 선수들의 재능을 꽃피워 줄 생각만으로도 벌써 기분이 들뜨고 있었다.

"경만이 그 녀석, 역시 물건이더구나."

"감독님의 눈은 여전하시던데요."

"하지만 프로는 만만한 곳이 아냐."

"알고 있습니다. 한동안 고전할 겁니다."

"다시 내려보낼 생각이냐?"

"아직 좀 더 두고 볼 생각입니다. 스스로 부족함을 깨닫게 되었을 때, 어떤 돌파구를 찾아낼지는 본인에게 달렸으니까요."

이지승이 희미하게 고개를 끄덕였다. 윤경만은 분명히 재능이 있었고, 투구 폼도 거의 완성되어 있었다. 얼마 전, 우송 선더스와의 경기에 선발로 나가서 승리투수가 된 것이 그 증거였다.

그러나 프로라는 무대는 만만치 않았다. 윤경만이 앞으로 계속 선발투수로 나서게 되면 타 팀에서 본격적으로 분석을 시작할 터였고, 그때는 화려한 1군 데뷔를 한 윤경만도 고전하게 될 것이 틀림없었다.

'충고를 해줄까?'

윤경만이 1군 무대에서 살아남기 위해서 필요한 것이 무엇인지 이지승은 잘 알고 있었다. 그것에 대해서 알려줄까 고민하던 이지승이 그만두었다. 노우진이라면 이미 알고 있을 것이라는 생각이 들었기 때문이었다.

"그래, 커피나 얻어 마시려고 여기까지 찾아온 것은 아닌 것 같고. 오늘은 무슨 일로 찾아왔지?"

"상의드릴 일이 있어서 찾아왔습니다."

"상의? 뭐지?"

"트레이드요."

"트레이드? 그래, 트레이드 마감 시한이 얼마 남지 않았지."

몇 년째 꼴찌를 도맡아 했던 한성 비글스 팀은 객관적인 전력이 약했다. 2군에 좋은 선수들이 수두룩하다고 해도, 빛 좋은 개살구에 불과했다. 구슬도 꿰어야 보배라는 말이 괜히 생긴 것이 아니었다.

2군에 머물고 있는 잠재력이 충분한 좋은 선수들이 자신의 재능을 꽃피우는 데는 시간과 노력이 필요했다. 그리고 그 시간이 얼마나 걸릴지는 아무도 몰랐다. 내일이라도 재능을 꽃피울 수 있었지만, 몇 년이 걸릴 수도 있었다.

당장 내년 시즌에 우승이 목표인 노우진의 입장에서는 2군 선수들의 기량이 1군 무대에서 통할 정도로 올라오길 바라며 마냥 기다릴 수 없었다.

그런 상황에서 팀 전력 강화를 위한 가장 좋은 방법은 트레이드였고, 노우진이 트레이드에 욕심을 내는 것은 당연한 수순이었다.

"누굴 노리고 있는 거냐?"

"채승범입니다."

"청우 로얄스의 채승범?"

"네."

"내야를 안정시키는 데 적임자이긴 하지."

채승범에 대해서는 이지승도 잘 알고 있었다.

한국 야구를 대표하는 유격수.

골든 글러브를 세 차례나 탔을 정도이니, 유격수 수비 면에서는 흠잡을 것이 없었다. 하지만 마음에 걸리는 것이 있었다. 전성기를 훌쩍 지났다고 평가받는 많은 나이와 세간에 떠도는 부상설이었다.

"나이가 너무 많지 않나?"

"최소한 일 년은 뛸 수 있습니다."

노우진이 딱 잘라 말하는 것을 들은 이지승이 쓰게 웃었다. 이 대답을 통해서 다시 한 번 한성 비글스 팀을 맡아서 운영하는 감독으로서 노우진의 철학을 느낄 수 있었다.

노우진에게 주어진 미션은 내년 시즌 우승. 당장 내년에 그 미션을 달성하지 못한다면 노우진은 감독으로서 실패했다는 평가를 받고 물러나게 될 터였다.

그런 만큼 장기적인 플랜을 가지고 한성 비글스 팀을 리빌딩하는 것까지 바라는 것은 무리였다. 노우진의 모든 목표는 내년 시즌에 맞추어져 있었고, 어느 누구도 그것을 비난할 수는 없었다.

"부상을 당했다는 얘기도 있던데?"

"부상을 당한 건 맞을 겁니다."

"그럼 너무 무모한 게 아닌가?"

"그 부상을 치료해서 내년 시즌에 뛰게 만들 자신이 있습니다."

이지승은 더 캐묻지 않았다. 이 정도로 확신에 찬 목소리로 대답하는 것으로 봐서, 노우진에게 어떤 복안이 있을 거라는 짐작이 들었기 때문이었다.

"채승범을 얻기 위해서 누굴 내줄 생각이냐?"

"그에 걸맞는 선수를 내줘야겠지요."

"그런 선수가 있나?"

현재 한성 비글스 팀의 허약한 선수 면면을 떠올리며 트레이드 카드를 맞춰보던 이지승의 표정이 곧 굳어졌다. 채승범과 어울리는 트레이드 카드는 딱 한 명밖에 떠오르지 않았기 때문이었다.

"설마… 장태준을 내줄 생각이냐?"

"필요하다면 내줄 생각입니다."

"하지만 장태준은 팀의 주장이자 프랜차이즈 스타인데."

"이것저것 다 따지면서 트레이드를 성사시킬 수는 없으니까요."

이지승이 미지근하게 변해 버린 믹스 커피를 마셨다. 비록 최근 들어서 부진했고, 주전 경쟁에서도 밀려서 경기에 출전하지도 못하고 있지만, 장태준은 한성 비글스 팀의 주장이자 프랜차이즈 스타였다. 그런 장태준과 날 선 대립각을 세우고 있는 노우진을 곁에서 지켜보고 있자니 불안한 마음이 드는 것은 어쩔 수 없었다.

그렇지만 이지승이 할 수 있는 것은 딱 거기까지였다. 한성 비글스 팀의 감독은 노우진이었고, 어떤 선택을 내리든 노우진이 감당해야 할 몫이었다.

"아까 내게 상의하려던 게 이건 아닐 것 같은데."

노우진은 이미 무슨 수를 써서라도 트레이드를 성사시키기로 결심한 듯 보였다. 그래서 자신을 찾아온 이유가 이것 때문은 아닐 거라고 판단한 이지승이 묻자, 노우진이 본론을 꺼냈다.

"투수가 필요합니다."

"투수?"

"선발진의 두 축을 맡고 있던 외국인 투수들을 2군으로 내려보냈고, 선발 요원이었던 김전우도 마무리로 돌렸더니 투수가 절대적으로 부족합니다."

이건 이지승도 걱정하고 있던 부분이었다. 윤경만이 비어 버린 선발진의 한 축을 맡아준다고 해도, 여전히 두 명의 선발 요원이 부족했다. 결국 지금으로서는 2군 선수들에게서 해답을 찾을 수밖에 없는 상황이었다.

"몇이나 필요하냐?"

"일단 두 명입니다."

"선발 요원이 필요하겠지?"

"선발과 중간을 동시에 맡을 수 있는 투수들이면 좋겠습니다."

노우진의 대답을 들은 이지승이 2군에 머물고 있는 투수들의 면면을 떠올렸다.

'누가 좋을까?'

잠재력은 충분하지만, 1군 무대에서 당장 통할 수 있는 투수를 둘씩이나 찾는 것은 쉬운 일이 아니었다. 그래서 쉽게 결정을 내리지 못하고 망설이고 있을 때, 노우진이 식어버린 커피를 모두 비우고 나서 입을 열었다.

"당장 1군 무대에서 통할 정도가 아니라도 됩니다."

이지승이 지금 하고 있는 고민을 꿰뚫어본 걸까? 우진이 덧붙인 말을 들은 이지승이 의아한 시선을 던졌다.

"일단 1군 무대에 올려서 경험을 쌓게 만들 생각이냐?"

"비슷합니다."

"비슷하다니?"

이지승이 던진 질문을 들은 노우진이 쓴웃음을 지은 채 한마디를 덧붙였다.

"기회를 줄 생각입니다."

＊　　　＊　　　＊

드르르륵. 드르르륵.

탁자 위에 놓아둔 스마트폰의 요란한 진동 소리가 거슬렸다. 그래서 베개 아래로 머리를 파묻고 진동이 멈추기를 기다렸지만, 장태준의 바람과 달리 드르륵거리는 진동 소리는 계속 이어졌다.

결국 더 견디지 못한 장태준이 침대에서 몸을 일으켰다.

스마트폰의 액정을 살피자, 여자 친구인 상미에게서 걸려온 전화였다. 바로 전화를 받지 않고, 냉장고 앞으로 비칠비칠 걸음을 옮겼다. 생수 통을 꺼내 시원한 물을 벌컥벌컥 마시고 나자, 타는 듯한 갈증은 조금 가셨다.

하지만 숙취로 인해서 깨질 듯한 두통은 쉬이 가시지 않았다.

"너무 마셨어!"

오랜만에 고등학교 동창들을 만나서 술을 마셨다. 야구와 관련된 얘기를 하고 싶지 않았기 때문이었다. 하지만 그게 뜻대로 되지 않았다.

취업난을 뚫고 어렵게 취직한 회사의 상사 험담, 아내와의 전쟁 같은 부부 싸움, 옹알이를 시작한 아이 자랑을 늘어놓고 있는 동창들의 대화에 장태준이 낄 자리는 없었다. 술에 얼큰하게 취한 채 신이 나서 떠들어대고 있는 동창들의 이야기는 지루하기만 했다.

그래서일까? 그러지 않으려고 해도 자꾸 야구 생각이 났다.

"감히 날 빼?"

4번 타자 자리에서 밀려나게 될 줄은 꿈에도 몰랐다. 그래서 선발 라인업에서 제외됐다는 사실을 알았을 때, 장태준이 받은 충격은 컸다. 그나마 다행인 것은 자신을 대신해 4번 타순에 들어선 백병우가 11타수 무안타라는 극심한 부진에 빠졌다는 점이었다.

그래서 얼마 지나지 않아 신임 감독인 노우진이 자신의 실수를 인정하고 다시 원래 자신의 자리로 돌아갈 수 있을 거라고 판단했다. 하지만 상황이 바뀐 것은 우송 선더스와의 3연전 두 번째 경기에서부터였다.

이전 타석까지 11타수 무안타를 기록하고 있던 백병우는 우송 선더스와의 두 번째 경기 마지막 타석에서 결정적인 2점 홈런을 터뜨렸다.

그리고 우송 선더스와의 마지막 경기에서는 마치 그간의 부진 때문에 겪었던 마음고생에 대한 한풀이를 하듯 홈런 두 개와 2루타를 몰아치며 혼자서 8타점을 올렸다.

한 경기에 무려 8타점. 오랫동안 한성 비글스 팀의 붙박이 4번 타자로 활약했던 장태준도 한 경기에서 8타점을 기록했던 적은 없었다.

그리고 백병우가 맹활약하기 시작하자, 언제 그랬냐는 듯 신임 감독인 노우진의 선수 기용에 대한 비난 여론은 쏙 들어갔다.

백병우의 활약이 팬들 사이에서 화제가 되면서 칭찬 릴레이가 이어질수록, 장태준은 자신이 점점 잊혀지는 것 같아 불안해졌다.

"흥, 어쩌다가 잘 맞는 날이 있었을 뿐이지!"

드르르륵! 애써 백병우의 활약을 폄하하며 다시 생수를 들이켜고 있을 때, 잠시 멈추었던 진동이 다시 울리기 시작했다.

"여보세요?"

"오빠, 왜 이렇게 연락이 안 돼?"

"일찍 잤어."

"또 술 마셨지?"

'귀신같은 년!'

지금 통화하고 있는 여자 친구인 상미와는 약 반년가량 만났다.

연예인 뺨치게 얼굴이 예쁘고, 몸매가 착한 것이 마음에 쏙 들었다.

게다가 나이도 어린 점이 마음에 들어서 본격적으로 사귀기 시작했다.

하지만 연애를 하며 좋았던 시간은 얼마 가지 않았다.

상미는 나이가 어린 탓인지 이해심이라고는 눈곱만큼도 없었다. 그리고 사치가 심하고, 집착도 심해서 슬슬 정리할 생각이었다.

혹시 술 냄새가 수화기를 통해 건너가는 게 아닐까 하는 실없는 생각을 하며 혀를 내두르던 장태준이 신경질 섞인 목소리로 물었다.

"왜 꼭두새벽부터 전화한 거야?"

"꼭두새벽은 무슨. 벌써 아홉 시 넘었거든."

"잔소리는 관두고. 왜 전화했는지나 말해."

"오빠, 혹시 딴 팀으로 옮겨?"

"뭐? 그건 또 무슨 뜬금없는 소리야?"

"다른 팀으로 옮기냐고?"

"아닌 밤중에 홍두깨도 아니고. 왜 꼭두새벽부터 전화해서 쓸데없는 소릴 하는 거야? 가뜩이나 머리가 아파 죽겠는데."

"신문 안 봤어?"

"신문? 무슨 신문?"

"신문에 오빠 기사 떴어."

"내 기사가 떴다고?"

"그래."

"너 어제 술 마셨어? 술이 덜 깨서 헛것을 본 거 아냐?"

벌써 몇 경기째 선발 라인업에서 제외돼서 경기에 출전조차 못 하고 있는 상황이었다.

그런 만큼 신문 지면에 자신의 이름이 오르내릴 리가 없었다.

"내가 오빠 줄 알아? 나, 어제 술 안 마셨거든."

"진짜야?"

"그래, 신문 보면 알 거 아냐!"

상미는 절대로 헛것을 본 게 아니라고 강하게 주장했다.

'대체 무슨 이유로 내 기사가 떴을까?'

상황이 이쯤 되니 슬슬 불안해졌다. 그리고 마음이 조급해졌다.

"알았어. 일단 끊어봐."

"오빠, 팀 옮기지 마."

"그럴 일 없어."

"오빠, 내 말 잘 들어. 만약에 오빠가 갑자기 팀을 옮겨서 지방으로 내려가면 나 오빠랑 헤어질 거야."

상미는 단단히 협박을 하고 나서야 전화를 끊었다. 하지만 상미의 협박은 장태준에게 전혀 먹혀들지 않았다.

어차피 곧 상미와 헤어질 생각을 하고 있었으니까.

상미와의 통화를 서둘러 마치자마자, 장태준은 현관 앞에 도착해 있는 스포츠 신문을 집어 들고 거실로 돌아왔다.

신문을 뒤적거리면서 이름을 찾을 필요도 없었다.

자신의 이름이 신문 1면을 장식하고 있었기 때문이었다.

'이게 대체 얼마만이야?'

자신의 이름이 신문 1면을 장식한 것이 대체 얼마만인지 기억조차 가물가물했다.

올 초에 3연타석 홈런을 기록했을 때가 마지막이었으니, 약 반년 만이었다. 하지만 마냥 기뻐할 수는 없었다.

기사 제목이 충격적이었기 때문이었다.

—한성 비글스의 간판타자 장태준, 트레이드 시장에 나오나?

숙취로 인해서 아픈 머리를 부여잡고 기사 내용을 읽어 내려가던 장태준이 더 참지 못하고 스포츠 신문을 구겨서 바닥에 집어 던져 버렸다.

트레이드라니. 꿈에서조차 상상해 본 적 없던 일이었다.

자신은 한성 비글스 팀의 프랜차이즈 스타였고, 당연히 한성 비글스 팀의 4번 타자로 활약하다가 은퇴할 거라고 생각하고 있었다.

그런데 자신의 이름이 트레이드 시장에 오르락내리락하고 있다는 사실을 깨닫고 나자, 장태준은 머리 꼭대기까지 화가 치밀었다.

"헛소문이겠지!"

치미는 분노로 인해서 잠시 마비됐던 이성이 돌아오자, 장태준의 표정이 무섭게 굳어졌다.

요즘 기자들이 아무리 형편없다고 해도, 오롯이 추측만으로 기사를 쓰지는 않았다.

어떤 근거가 있기 때문에 이런 기사를 스포츠 신문 1면에 내보낸 것이었다.

"설마 진짜 트레이드를 시키려는 건 아니겠지?"

잠시 뒤, 장태준이 노우진의 얼굴을 떠올렸다. 예전 감독이었다면 절대 그럴 일이 없다고 확신했겠지만, 신임 감독인 노우진이라면 이야기가 달라졌다.

노우진이라면 정말로 자신을 트레이드시킬지도 모른다는 걱정이 불쑥 깃들었다.

게다가 자신에 관한 트레이드 기사가 나온 시점도 절묘했다. 2군에서 올라와서 자신을 밀어내고 4번 타석에 들어서고 있는 백병우가 맹활약을 펼치기 시작한 시점에, 하필 트레이드 관련 기사가 터졌다는 점도 불안했다.

"대체 뭐가 어떻게 돌아가고 있는 거야?"

장태준은 자신도 모르는 사이, 자신과 관련된 트레이드 기사가 터진 것으로 인해 심기가 매우 불편했다.

자꾸 깃드는 불안감을 애써 억누르며 생수만 들이켜던 장태준이 스마트폰에 저장된 번호를 검색해서 통화 버튼을 눌렀다.

"자, 어서 들게!"

강균성이 모락모락 김이 피어오르고 있는 유자차를 권하며 장태준을 살폈다. 간밤에 과음한 탓일까? 장태준의 얼굴은 푸석푸석했다. 그는 강균성이 권한 차에는 입도 대지 않고 깍지를 낀 채, 안절부절못하고 있었다.

"어디 몸이 안 좋나?"

장태준이 저렇게 안절부절못하고 있는 이유에 대해서는 이미 짐작하고 있었다.

하지만 강균성은 일부러 모른 척 시치미를 떼며 이유를 물었다.

"구단주님."

"그래, 편하게 말하게. 내게 할 말이 뭔가?"

잠시 망설이던 장태준이 구겨진 스포츠 신문을 탁자 위에 올려놓았다.

그리고 불만 섞인 표정을 감추지 않은 채 물었다.

"이게 어떻게 된 건지 설명을 좀 부탁드립니다."

"아, 그 기사 말인가? 기사에 적힌 그대로네."

강균성이 본인의 입으로 직접 확인해 주자, 장태준은 충격 받은 표정을 감추지 못했다.

말문이 막힌 채 가만히 앉아 있는 장태준을 힐끗 살핀 강균성이 보충 설명을 덧붙였다.

"내년 시즌을 대비해 팀을 리빌딩하는 과정에서 자네가 트레이드 대상자 명단에 올랐지."

"대체 누구 생각입니까?"

"노 감독이 부탁하더군."

"구단주님도 동의하셨습니까?"

"물론 난 반대했지. 자네는 몇 년간 한성 비글스 팀을 위해서 헌신해 온 프랜차이즈 스타가 아닌가?"

강균성의 말이 끝나자, 장태준이 안도의 한숨을 내쉬었다. 역시 감독인 노우진이 아니라, 말이 통하는 상대인 구단주에게 직접 찾아오길 잘했다고 생각하고 있을 터였다.

하지만 장태준은 너무 일찍 안심했다.

"그런데 말이야, 자넨 어떻게 생각하나?"

"뭘 말씀하시는 겁니까?"

"본인에 대해서 어찌 생각하느냐는 거네."

"조금 전에 구단주님께서 말씀하신 대로 한성 비글스 팀의 4번 타자이자, 프랜차이즈 스타로서 팀을 위해서 헌신했다고 생각합니다."

"그래, 나름 열심히 하긴 했지."

"······?"

"그런데 말일세. 자네가 우리 팀의 4번 타자이자 프랜차이즈 스타로서 활약하는 동안 한성 비글스 팀은 꼴찌를 도맡아 했다네."

"그건······."

내 탓이 아니다. 나는 누구보다 열심히 했다.

하지만 한성 비글스 팀의 전력이 워낙 약했기 때문에 그런 결과가 발생한 것이다.

장태준이 늘어놓을 변명은 뻔했다. 그래서 강균성은 장태준에게 변명을 할 기회조차 주지 않고 몰아세웠다.

"한성 비글스 팀이 몇 년간 꼴찌를 도맡은 것에 자네 탓은 없다고 생각하나?"

"물론 팀의 주장으로서 부진한 성적에 대한 책임을 통감하고 있긴 하지……."

"그럼 됐네."

"……."

"그리고 내 얘기를 잘 듣게. 내겐 아무런 힘이 없다네. 노 감독과 계약할 때 이미 전권을 넘겨 버렸거든."

"네?"

"다시 말해 난 허수아비나 다름없는 신세란 말일세."

강균성이 솔직하게 자신의 처지를 털어놓자, 장태준의 낯 빛이 벌겋게 상기됐다. 잠시 뒤, 장태준이 더듬거리며 물었 다.

"그럼 저는… 정말 트레이드가 되는 겁니까?"

"트레이드가 어디 말처럼 쉽나?"

"어쨌든 가능성은 충분한 것 아닙니까?"

"뭐, 그런 셈이지."

우두둑.

비로소 자신이 처해 있는 상황에 대해서 확실히 깨달은 장태준이 깍지를 낀 손에 힘을 더하는 것이 보였다.

복잡한 표정을 짓고 있는 장태준을 힐끗 살핀 강균성이 덧붙였다.

"아직 기회는 있네."

"……?"

"트레이드 마감 시한까지 이틀이 남았지 않나? 그전에 자네가 우리 팀에 꼭 필요한 선수라는 것을 증명하게."

"하지만······."

"오늘 선발 라인업에 자네 이름이 올라가 있더군. 이제 정말 기회가 많지 않으니 정신 바짝 차리고 경기에 나서는 게 좋을 걸세. 그런데 보아하니 몸 상태가 영 아닌 것 같은데. 오늘 경기에 선발로 출전할 수는 있겠나?"

"몸에는 아무 문제도 없습니다."

아직 생각이 정리되지 않아서일까? 장태준의 얼굴은 밀랍 인형처럼 창백했다.

구단주 사무실을 서둘러 빠져나가는 장태준의 뒷모습을 바라보던 강균성의 입가로 희미한 미소가 떠올랐다가 사라졌다.

*　　　　*　　　　*

리그 최하위를 달리고 있는 한성 비글스와 지난 3연전을 대승 원더스에게 모두 내주며 리그 6위로 내려앉은 청우 로얄스의 2연전 첫 경기가 시작되기 30분 전, 우진이 청우 로얄스의 선발 라인업을 확인했다.

최근 약 한 달간, 특별한 부상 선수가 없었던 청우 로얄스의 선발 라인업은 거의 고정되어 있었다.

하지만 우진이 확인한 오늘 경기의 라인업에는 미세하지만 변화가 있었다.

"채승범이 선발이로군!"

채승범이 오랜만에 청우 로얄스의 선발 라인업에 이름을 올렸고, 채승범과의 주전 경쟁에서 앞서며 유격수 자리를 꿰찬 정진호는 선발 라인업에서 빠져 있었다.

"내 메시지가 제대로 전달되긴 했나 보군."

우진의 생각이 틀리지 않다면, 정진호 대신 채승범을 유격수로 내세운 선수 기용은 청우 로얄스의 감독인 송연철이 먼저 손을 내밀어 인사를 건넨 것이나 마찬가지였다. 물론 우진도 몇 경기 동안 선발 라인업에서 빠져 있었던 장태준을 5번 타자로 기용하는 것으로 그 인사에 화답했다.

우진이 원정 팀 더그아웃 감독석에 앉아 있는 송연철을 바라보았다.

50대 초반이지만 얼굴에서는 주름을 찾아보기 힘들었고, 부리부리한 눈에서 뿜어내는 안광은 상대를 압도할 정도로 강렬했다.

그러나 강인해 보이는 외모와 달리, 청우 로얄스의 감독인 송연철은 부드러운 카리스마로 팀을 장악했다.

그라운드의 보살, 또는 야구계의 성인.

송연철의 이름 앞에 팬들이 붙여준 별명이 그가 어떤 식으로 팀을 운영하는지 알려주고 있었다.

청우 로얄스와의 계약 기간은 총 3년. 부임 첫해인 작년에는 재작년 8위를 기록했던 청우 로얄스의 순위를 5위로 끌어올렸다.

그리고 부임 두 번째 해인 올해, 송연철은 야심차게 가을 야구에 참가하겠다는 도전장을 던졌지만, 지난 대승 원더스와의 3연전을 모두 내주며 순위가 6위로 밀려난 탓에 가을 야구와는 멀어졌다.

물론 확률상 아주 불가능한 것은 아니었지만, 현재 청우 로얄스의 전력과 남은 경기 일정 등을 감안한다면 사실상 가을 야구 진출 마지노선인 4위까지 치고 올라가는 것은 어려웠다.

우진이 물끄러미 바라보고 있는 사이, 한성 비글스 팀의 선발 라인업을 꼼꼼히 확인하고 고개를 든 송연철과 시선이 마주쳤다. 기회를 놓치지 않고 감독석을 박차고 일어난 우진이 원정 팀 더그아웃을 향해 걸음을 옮겼다.

감독 경험 면에서나, 나이 면에서나 우진이 한참 후배인 만큼 먼저 찾아가서 인사를 건네는 것이 당연했다.

우진이 모자를 벗고 인사하며 악수를 청하자, 송연철도 더그아웃 앞까지 걸어 나와서 인사를 받아주었다.

"잘 부탁드리겠습니다."

"오히려 내가 할 말이오."

"많이 아쉽겠습니다."

"뭐, 어쩌겠소? 원래 야구가 내 뜻대로 되는 것이 아닌데. 대승 원더스가 워낙 강팀 아니오?"

송연철의 탄식이 우진의 가슴에 와 닿았다. 야구계에서 잔뼈가 굵은 오십이 넘은 감독에게도 야구는 뜻대로 되지 않는 골칫덩이였다.

그래서 다시 한 번 야구란 어려운 것이라고 우진이 되뇌고 있을 때였다.

"노 감독, 내가 요새 노 감독에게 관심이 좀 생겨서 예전에 인터뷰를 했던 내용들을 일부러 찾아서 자세히 읽어봤소. 그 기사를 읽다 보니 궁금한 게 생겼는데… 그냥 한번 해봤던 말이오?"

"뭘 말씀하시는 겁니까?"

"우승 말이오."

"……?"

"내년에 우승할 거라 공언하지 않았소?"

송연철이 덧붙인 말을 듣고서야 우진은 간신히 말귀를 알아들었다.

지금 송연철이 얘기하는 인터뷰 내용은 우진이 한성 비

글스의 감독으로 취임할 당시에 기자들 앞에서 했던 말이었다.

당시에 우진은 기자들 앞에서 올 시즌의 목표로 탈꼴찌, 내년 시즌의 목표는 우승이라고 포부를 밝혔다.

나름대로는 당차게 밝힌 포부였지만, 그 이야기를 귀담아 들은 기자나 팬들은 거의 없었다.

그래서 어느 누구도 기억하지 못하고 있었던 이야기를 송연철이 방금 꺼냈다.

"그냥 해본 말이 아닙니다. 내년 시즌의 목표는 우승입니다."

"몇 년간 꼴찌를 도맡아 했던 한성 비글스가 몇 년 후도 아니고 당장 내년에 우승하는 게 가능할 것 같소?"

"물론 어렵겠지요."

"그냥 어려운 게 아니오. 불가능하오."

"……?"

"내년 시즌에는 우리 청우 로얄스가 우승을 할 것이기 때문이오."

송연철이 눈도 깜박이지 않고 말했다. 그리고 그 이야기를 들은 우진이 지지 않고 받아쳤다.

"그냥 해보시는 말입니까?"

"그건 무슨 뜻이오?"

"청우 로얄스의 현재 전력으로 내년 시즌에 우승을 바라는 것은 과욕처럼 보여서요. 그래서 희망 사항을 말씀하시는 것이 아닌가 하는 생각이 들었습니다."

"전력이야 보강하면 되는 것 아니오? 그게 감독의 역할이지."

"그건 그렇지요."

"그리고… 한성 비글스 팀의 감독에게 들을 충고는 아닌 듯한데."

얼핏 들으면 비꼬는 것처럼 느껴지겠지만, 우진은 기분이 나쁘지 않았다.

지금 송연철의 입가에 머금어져 있는 미소가 그가 비꼬고 있는 것이 아니라는 증거였다.

"기대하겠습니다."

"나도 기대하겠소."

송연철이 내민 손을 맞잡고 흔든 우진이 기분 좋게 웃으며 더그아웃으로 돌아왔다.

치열한 신경전.

세상에 손해를 보려는 장사치는 없었다. 서로 입가에 미소를 머금고 있었지만, 불꽃만 튀지 않았을 뿐 그 짧은 사이에 치열하기 그지없는 신경전이 벌어졌다.

그리고 이제는 서로가 원하는 상품에 대해 냉정하게 평가를 해볼 시간이었다.

오늘 한성 비글스 팀의 선발투수는 현재 팀의 에이스 역할을 맡고 있는 유현식이었다.

원하던 대로 5일 휴식 후에 등판하는 유현식은 이전과 달리 별다른 불만을 표시하지 않고 등판했다.

물론 마운드에 올라 있는 유현식의 속마음은 그리 편치 않겠지만, 별다른 내색을 하지 않으니 우진으로서도 어떤 마음인지 알아챌 방법이 없었다.

그리고 우진은 그에 대해 딱히 신경 쓰지 않았다.

한성 비글스 팀의 선발투수는 유현식이었지만, 오늘 경기의 주인공은 그가 아니었다.

진짜 주인공들은 따로 있었다.

슈아악.

유현식이 던진 초구는 한가운데 직구였다.

충분히 휴식을 취한 덕분일까? 육안으로 살피기에도 힘이 느껴지는 초구의 구속은 147㎞가 찍혔다.

그리고 유현식은 마치 시위라도 하듯 도망치지 않고 힘으로 윽박지르며 청우 로얄스의 타자들과 정면 대결을 펼치기 시작했다.

딱! 3번 타자가 초구로 들어온 직구를 노려서 쳤지만, 힘에서 밀린 타구는 멀리 뻗지 못했다.

내야를 벗어나지 못한 높이 뜬 공을 2루수가 처리하며 청우 로얄스의 1회 초 공격은 3자 범퇴로 간단하게 끝났다.

겨우 아홉 개의 공만 뿌리며 1회 초 수비를 가볍게 막아낸 유현식이 더그아웃으로 걸어 들어오며 강렬한 눈빛을 던졌다.

그러나 우진은 그런 유현식을 상대하지 않았다. 대신 1회 말 수비를 위해서 그라운드로 뛰어 나오고 있는 채승범에게 시선을 고정했다.

청우 로얄스가 오늘 경기에 선발로 내세운 투수는 이성현이었다.

대승 원더스와의 경기의 중요성을 누구보다 잘 알고 있었던 송연철은 지난 대승 원더스와의 3연전에 팀의 1선발부터 3선발을 모조리 투입하는 총력전을 펼쳤고, 자연스레 청우 로얄스 팀에서 4선발을 맡고 있는 이성현이 나선 것이었다.

현재 7승 6패, 방어율 4.67을 기록하고 있는 이성현은 불 같은 강속구로 타자를 윽박지르며 삼진을 많이 잡아내는 타입의 투수가 아니었다.

정교한 제구력을 바탕으로 다양한 변화구를 던지며 맞춰 잡는 편이었다.

타격 페이스가 서서히 올라오고 있는 한성 비글스 팀의

타자들이 충분히 공략할 수 있는 투수였다.

"기다리지 말고 적극적으로 공격해."

우진이 타자들에게 지시를 내린 후, 팔짱을 낀 채 경기를 지켜보기 시작했다.

부우웅! 예상대로 이성현은 정면 승부 대신 유인구 위주로 경기를 풀어나갔다.

선두 타자인 고동진은 바깥쪽으로 빠져나가는 슬라이더에 속아 헛스윙 삼진으로 물러났다.

2번 타자인 장기형 역시 계속 슬라이더를 던지며 바깥쪽 승부를 하다가 갑자기 몸 쪽 직구를 던지는 허를 찌르는 볼배합에 방망이도 제대로 휘둘러 보지 못하고 삼진으로 물러났다.

"이러면 곤란한데. 좀 더 분발하라고."

삼진을 당한 고동진과 장기형이 더그아웃으로 돌아와 죄인처럼 고개를 푹 숙이고 있었지만, 정작 우진은 그들이 삼진을 당했기 때문에 화가 난 것이 아니었다.

고동진과 장기형이 삼진으로 물러난 탓에, 이번 경기의 주인공 중 한 명인 채승범의 플레이를 볼 수 없었기 때문에 기분이 상했던 것이었다.

다행히 3번 타자인 최익성은 우진의 기대를 배신하지 않았다.

처음부터 슬라이더를 노리고 타석에 들어선 최익성은 초구로 들어온 직구를 흘려보낸 후, 이성현이 2구째 던진 바깥쪽 슬라이더를 놓치지 않고 당겨쳤다.

딱! 방망이 중심에 제대로 맞은 타구는 총알처럼 빠르게 투수의 곁을 스치고 지나갔다.

당연히 2루수와 유격수 사이를 꿰뚫고 지나가는 중전 안타가 될 거라고 우진이 판단했을 때, 채승범이 움직이기 시작했다.

공이 방망이에 맞는 순간, 채승범의 발은 어느새 2루 베이스 쪽으로 움직이고 있었다.

경이롭게 느껴질 정도의 반응속도.

타구의 방향을 눈으로 확인하고, 머리로 명령을 내리고, 머리가 내린 명령을 받고서 발을 움직이는 것처럼 보이지 않았다.

방금 채승범의 움직임은 그 세 단계의 과정 중에 두 번째 단계를 통째로 생략한 것처럼 느껴졌다.

어떻게 표현하면 될까? 굳이 표현하자면 머리로 생각하고 펼치는 플레이가 아니라, 동물적인 감각으로 펼치는 플레이처럼 느껴졌다. 그리고 그게 끝이 아니었다.

쐐애액. 2루 베이스 위를 지나치는 타구를 향해서 글러브를 뻗으며 슬라이딩을 하는 타이밍도 완벽했다.

타구는 자석에 이끌리는 쇠붙이처럼 쭉 뻗은 글러브 안으로 빨려 들어갔고, 벌떡 일어난 채승범은 노스텝으로 1루로 공을 뿌렸다.

제대로 자세조차 잡지 못하고 던진 송구가 노 바운드로 1루수가 내밀고 있는 글러브로 들어간 것은 채승범의 어깨가 얼마나 강한지 증명해 주고 있었다.

짝짝짝.

상대 팀에 속한 채승범의 파인플레이였지만, 우진은 자신도 모르는 사이 박수를 쳤다.

비록 글러브에 공이 도착한 것보다 최익성이 베이스에 도착한 것이 빨라 간발의 차로 세이프가 선언됐지만, 흠잡을 곳 하나 없는 완벽한 수비였다.

아니, 흠잡을 데가 없는 것이 아니라, 메이저리그에서나 가끔씩 볼 수 있을 정도의 최고의 수비였다.

우진이 채승범의 수비에 정신이 팔린 사이, 타석에는 4번 타자인 백병우가 들어섰다.

그리고 백병우의 방망이는 식지 않고 여전히 뜨겁게 달아올라 있었다.

이성현이 던진 초구, 낮게 제구된 바깥쪽 슬라이더가 들어오자, 백병우는 지체하지 않고 방망이를 돌렸다.

백병우가 밀어친 타구는 폴 대를 맞추고 나서 그라운드

로 다시 떨어졌다.

2 : 0

이제는 여유가 조금 생겨서일까? 3루 베이스를 밟고 천천히 홈으로 들어오던 백병우는 주먹을 불끈 움켜쥐는 세레모니까지 펼쳤다.

더그아웃으로 들어오는 백병우와 하이파이브를 나눈 우진이 타석에 들어서는 장태준에게 시선을 던졌다.

장태준은 5번 타순에 지명타자로 배치됐다.

평소와 달리 딱딱하게 굳어진 표정으로 타석에 들어서는 장태준은 긴장한 탓에 몸에 힘이 잔뜩 들어가 있었다.

"기사를 봤나 보군!"

이성현이 던진 커브에 속아서 크게 헛스윙을 하는 장태준의 모습을 살피던 우진이 쓴웃음을 지었다.

장태준은 한성 비글스 팀의 박이 주전으로 수백 경기에 출전했던 베테랑 중의 베테랑이었다.

그런 그가 지금 타석에서 잔뜩 긴장하고 있었다.

그리고 우진은 장태준이 베테랑답지 않게 긴장하고 있는 이유를 짐작할 수 있었다.

―한성 비글스의 간판타자 장태준, 트레이드 시장에 나오나?

장태준은 스포츠 신문 1면을 장식한 자신과 연루된 트레이드 관련 기사를 본 것이 틀림없었다.

그리고 오래간만에 선발로 출전한 장태준은 자신의 진가를 보여줘야 한다는 강박관념에 사로잡힌 탓에 마음이 급할 터였다.

초조함과 부담감은 긴장으로 이어졌고, 몸에 잔뜩 힘이 들어간 탓에 배트 속도는 더욱 느려졌다.

딱. 2구로 들어온 바깥쪽 직구에 방망이를 매섭게 돌렸지만, 궤적이 큰 스윙은 구속에 밀려서 더그아웃으로 들어가는 파울이 됐다.

"제대로 맞을 리가 없지!"

우진이 보기에 오랜만에 선발로 복귀해 경기를 치르는 장태준의 스윙은 이전에 비해 나아진 것이 아무것도 없었다.

오히려 더욱 무뎌진 것처럼 보였고, 선구안도 여전히 좋지 않았다.

부우웅.

스트라이크 존과는 한참 거리가 먼 원 바운드로 들어온 유인구에 속아서 방망이를 헛돌린 장태준이 삼진을 당하고 더그아웃으로 걸어 들어왔다.

"아직 멀었군!"

삼진을 당한 주제에 마치 개선장군처럼 고개를 뻣뻣이 세우고 더그아웃으로 돌아오는 장태준의 모습을 확인한 우진이 고개를 절레절레 흔들었다.

『게임볼』 3권에 계속…

초대형 24시 만화방

신간 100%, 샤워실, 흡연실, 수면실(침대석), 커플석, 세탁기 완비

■ 시흥 정왕25시점 ■

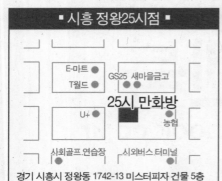

경기 시흥시 정왕동 1742-13 미스터피자 건물 5층
031) 319-5629

■ 강북 노원역점 ■

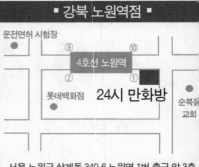

서울 노원구 상계동 340-6 노원역 1번 출구 앞 3층
02) 951-8324 (화용빌딩 3층)

■ 일산 정발산역점 ■

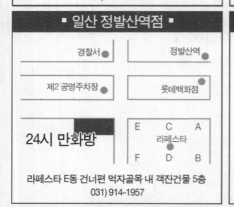

라페스타 E동 건너편 먹자골목 내 객잔건물 5층
031) 914-1957

■ 일산 화정역점 ■

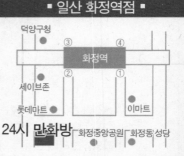

경기도 고양시 덕양구 화정동 984번지 서일빌딩 7층
031) 979-4874 (서일사우나 건물 7층)

■ 부천 역곡역점 ■

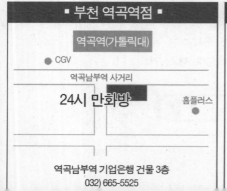

역곡남부역 기업은행 건물 3층
032) 665-5525

■ 부평역점 ■

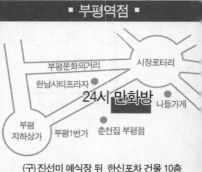

(구)진선미 예식장 뒤 한신포차 건물 10층
032) 522-2871

FUSION FANTASTIC STORY

김대산 장편소설

온밤바지

2년 차 대한민국 취업 준비생 김철민.

친척 하나 없는 사고무친의 처지로 앞날이 막막하기만 하던 어느 날,
우연치 않게 산 로또가 1등에 당첨된다.
아니, 그가 1등에 당첨되도록 만들었다.

혼자만의 상상으로만 해왔던 이상한 놀이
'시거'가 현실로 이루어진 것이다.

졸부(猝富), 그리고 '시거'와 함께
또 하나의 이상한 현상인 '슬비'가 더해지면서,

그의 일상은 이윽고
예측할 수 없는 격변 속으로 빠져든다.

Book Publishing CHUNGEORAM

유행이 아닌 자유추구 -
WWW.chungeoram.com

미러클
테이머

인기영 장편소설
FUSION FANTASTIC STORY

MIRACLE
TAMER

이계로 떨어져 최강, 최고의 테이머가 되었다.
그러나… 남은 것은 지독한 배신뿐.

배신의 끝에서 루아진은 고향, 지구로 되돌아오게 되는데…….
몬스터가 출몰하기 시작한 지구!
그리고 몬스터를 길들일 수 있는 테이머 루아진!
그 둘의 조합은……?

『미러클 테이머』

바야흐로 시작되는
테이머 루아진과 몬스터들의 알콩달콩한
대파괴의 서사시!!

Book Publishing CHUNGEORAM

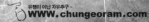

유행이 아닌 자유추구 –
WWW.chungeoram.com

미러클 테이머

인기영 장편소설

FUSION FANTASTIC STORY

MIRACLE TAMER

이계로 떨어져 최강, 최고의 테이머가 되었다.
그러나… 남은 것은 지독한 배신뿐.

배신의 끝에서 루아진은 고향, 지구로 되돌아오게 되는데…….
몬스터가 출몰하기 시작한 지구!
그리고 몬스터를 길들일 수 있는 테이머 루아진!
그 둘의 조합은……?

『미러클 테이머』

바야흐로 시작되는
테이머 루아진과 몬스터들의 알콩달콩한
대파괴의 서사시!!

이모탈 퓨전 판타지 소설
FUSION FANTASTIC STORY

용병들의 대지
Road of Mercenaries

이 세계엔 3개의 성역이 존재한다.
기사들의 성역, 에퀘스.
마법사들의 성역, 바벨의 탑.
그리고… 그들의 끊임없는 견제 속에 탄생하지 못한

『용병들의 대지』

전쟁터의 가장 밑을 뒹굴던 하급 용병 아론은
이차원의 자신을 살해하고 최강을 노릴 힘을 가지게 된다.

그의 앞으로 찾아온 새로운 인생!
아론은 전설로만 전해지던
용병들의 대지를 실현시킬 수 있을 것인가!

Book Publishing CHUNGEORAM

FUSION FANTASTIC STORY

텀블러 장편소설

현대 천마록

천하를 호령하고, 전 무림을 통합한
일월신교의 교주 천하랑.
사람들은 그를 천마, 혹은 혈마대제라고 불렀다.

『현대 천마록』

무공의 끝은 불로불사가 되는 것이라 생각했지만
그로서도 자연의 섭리 앞에선 어쩔 수 없었다!

'그렇게 많은 피를 흘렸음에도 불구하고
죽을 때가 되니 남는 것이 없군그래.'

거듭된 고련 끝에 천하랑의 영혼이
존재하지 않게 된 그 순간
그의 영혼은 현세에서 천마로서 눈을 뜬다!

Book Publishing CHUNGEORAM

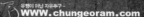